# 80后的狗狗

郭晓丽 ◎ 编著

华夏出版社

**图书在版编目（CIP）数据**

80后的狗狗/郭晓丽编著．－北京：华夏出版社，2009.10
ISBN 978-7-5080-5488-9

Ⅰ．8… Ⅱ．郭… Ⅲ．随笔—作品集—中国—当代
Ⅳ．I267.1

中国版本图书馆CIP数据核字（2009）第185222号

出版发行：华夏出版社（北京市东城区东直门外香河园北里4号 邮编：100028）
经销：新华书店
印刷：北京集惠印刷有限责任公司　　开本：880×1230　1/32
装订：三河市李旗庄少明装订厂　　　印张：7.25
版次：2009年10月北京第1版　　　　字数：100千字
印次：2010年1月北京第1次印刷　　　定价：22.00元

 本版图书凡印刷、装订错误，可及时向我社发行部调换

# 前言

了解狗的心智

## 关于我自己——狗狗的主人

我的生活很简单,和许多来北京工作的人一样,住在一间租来的居室中。每天下班回到家,首先为自己准备一顿丰盛的晚餐,随后看看电视,看看书,上上网,生活得既简单又惬意。我喜欢写日记,写自己的心事,写看到的事情,经常对某些事情发表评论。自从我知道自己写的东东也可以在网络上发表以后,便一发而不可收拾,每天不是将自己写的东东发到网上,就是在论坛里与网友讨论各种话题。由于发表的文章多了,偶尔有报社、杂志社、网站约我写稿。开始,我利用上班的短暂休息时间来写,可是后来每当有了写作欲望的时候,便怎么也停不了笔,而且经常写到凌晨。白天上班的时候,同事们常常会看到一个熊猫般的瞌睡虫,工作中也常常出错,挨老板骂已经成了我的家常便饭。我也一度想放弃写作,不去拿笔,不去碰电脑,可是上班的时候依然失魂落魄,就像一只没头的苍蝇,找不到生活的目标,也找不到一点生活的乐趣。最后,我决定放弃这份人人羡慕的工作,专心干自己想干的事情——做个自由的写手。

作为一个自由职业者,生活并不完全是惬意的。于是,产生了养狗的念头,但是初次养狗便让我领教了"狗样"的厉害,这是因为我不了解它。直到皮皮闯入我的生活,我才开始认真地对待狗。

### 你了解你的狗狗吗?

狗成为人类的朋友已经有几千年的历史了。现在很多

人都在养狗,大家都知道科学喂养,这是很大的进步。人们爱狗,总以为自己很了解狗,狗也很了解自己。

但是我要问,你的狗狗为什么一见到兽医就会撒尿?那是顺从的表现。你的狗狗为什么在每天清晨把你的拖鞋叼到它的窝里?因为它想得到你的关注。当狗狗在向你摇尾巴的时候,它是否真的在对你表示友好?事实可能刚好相反。当狗狗把房间弄得凌乱不堪时,你只是认为它在捣乱吗?很多时候是因为它很寂寞,感到没有安全感。

### 狗狗也有"忧郁症"

相信很多狗主人都有过这样的经历,狗做了坏事在遭到你的责骂或棍棒之后,总是做出一副可怜兮兮的样子。看着它一双虔诚的眼睛,你以为它是"痛心疾首"、"后悔莫及",于是就原谅了它。说不定你还觉得自己小题大做,有些过分,反而对它表示起歉意来了。许多狗就是这样被主人惯坏的。因为狗并没有真正的悔过意识,它那歉疚的态度、悔过的表情、偷偷躲到一边的举止,都不是因为它自认为做错了什么事,而是一种怕你责罚的恐惧。如果你为这样的解释而感到惊讶,或者对于狗的这些问题,你压根儿就不清楚,那么,你其实并没有真的了解你的狗,你不了解它在说什么,更不了解它在想什么。我曾多次看到,由于狗的主人对狗的行为的误解,对它进行责骂、虐待,致使狗不敢再亲近主人,甚至患上了忧郁症。其实狗的心理问题比人复杂得多,人郁闷时可以找朋友聊聊天,排解烦恼;但是狗郁闷了,找谁诉说呢?这里我还要特别提醒养狗的朋友,我们应该对我们的狗好一点,关心它们,了解它们。但狗毕竟是狗,你永远是它们的主人,千万不要人狗倒置,否则,它就是把房顶掀了,也不会觉得自己有什么不对。

### 狗不教,主人之过

人们常说,养狗就像养孩子,这的确不假。狗是那么单纯可爱,像孩子一样。它们很喜欢管闲事:向一切可疑的陌生人狂吠、抓老鼠、扑苍蝇、逮蟑螂……但作为它的主人,我们更应该了解狗的思维方式及行为模式,甚至是智力,

然后很好地教育它。都说孩子的教育是个大问题,同样,狗的教育也是个大问题。现在已经有越来越多的人意识到,狗的一些不良行为与主人的管教方式有很大的关系。一只狗在叫的时候,主人为了减少它的叫声带来的麻烦,会给它食物堵住它的嘴。而这样的行为会让这只狗认为,只要叫就可以得到食物,所以它常叫,周而复始,主人开始越来越讨厌自己的狗。殊不知,就是因为自己错误的行为导致了狗的不良习惯。已经有越来越多的人把狗的教育问题提到了日程上来,这是我们这个时代的进步。

### 你和狗狗可以对话

写这本书的那段时间是令我兴奋的一段时光,我不是动物专家,但是我养了一只叫皮皮的狗,我用普通人的眼光去观察我的狗、了解我的狗。作为一名狗的主人,我所能给予你们的是我多年来积累的关于养狗的一些经验。我在书中描述了从狗的生理与心理习性、买狗的经验、狗的饲养与狗的训练,到狗与狗之间、狗与猫之间、狗与人之间的各种故事,并详细地描写了狗的行为,尤其是那些容易被人误解的行为。你们也许能在这本书中为狗的行为找到合理的解释,甚至找到适合的解决方法。这本书将带你走进狗的"语言世界",实现你和爱狗之间真正的对话。

我们爱它,因为它是一只狗;我们恨它,因为它只是一只狗。其实人与狗之间的鸿沟,并非人们想象得那么大,只要我们用心聆听并学习它们的"语言",我们就会拥有所罗门的指环。

youyou<br>2009年6月

## 第1章 人狗同居时代 ........ 1

在所有动物中,狗和人的关系是最亲近的,不管你的狗是本土的还是漂洋过海而来的,也不管它们是纯种的还是杂交的,它们都能陪你共度晨昏,跟你欢笑,跟你悲伤。要迎接狗狗进门,不能只有三分钟热度!虽然对我们而言,这不是结婚大事,但却是狗狗的终身大事。爱它不需要理由,但爱需要方法,爱它就要对它负责,了解它、关心它、教育它。

1. 想说爱它不容易 ............ 3
2. 天使乎?魔鬼乎? ............ 11
3. 便便,也可以优雅 ............ 24

## 第 2 章　生存权 ............................................. 29

当看见别人牵着狗在街上溜溜达达，或者偶尔经过宠物店门前，一定会有不少人闪过这种念头："要是也能养只狗该多好！"且慢，先别如此轻率地掏钱把狗买回家。要知道，它不仅会花去我们大部分的时间，而且也会花去我们每月收入中的大部分。我们不仅要给它名字和"名分"，而且还要善待它一辈子。因为它不是供我们开心的玩具，而是和我们一样享有生命的动物。

4. 寻觅不如偶遇 ··················· 31
5. 没有名字，不如不养 ··············· 44
6. 爱它，就给它"名分" ·············· 56

## 第 3 章　狗狗的方言 ............................. 67

生活在今天的狗，命运实在不错，因为它们已经被当做家庭中的一员。它们住得舒适，饮食无忧，生病的时候还有专门的医院。我们为狗担心就像担心十分亲密的人一样，但是狗毕竟是狗，它们不是完美的，但从它们某些至关重要的行为方式上看，它们要比我们善良，它们从不计划报复，只是坦率地做事情。

7. 狗狗要尿尿 ················· 69

8. 它的寂寞我不懂 ················· 77

9. 龇牙咧嘴地"笑" ················· 92

10. 眼泪不是人的专利 ················· 101

11. 猫来了，狗怎么办 ················· 108

## 第4章 极强的等级观念 ·········· 119

狗是具有群体意识的动物，在它们的生活群体中有很强的等级之分，而当它们和我们生活在一起时，这种等级观念同样左右着它们的活动。如果我们不能成为狗的主人，那么狗将反过来成为我们的主人。因此，我们允许狗与我们分享生活，但绝不能允许它成为我们的主人，总不能让先人一万多年的驯化成果在我们的手上毁于一旦吧！

12. 搞定陌生狗 ················· 121

13. 谁是老大 ··················· 130

## 第5章 狗"性"不改 ············ 141

对狗而言,旺盛的发情行为完全是自然的,然而有时也令人感到尴尬和棘手。许多主人其实也不想让狗狗生育,不给它们做绝育手术的原因是:爱它,怕手术风险,怕术后有副作用……但防护再严,一不小心就多出好几只小狗。即使有人收养它们,但谁能保证认养主人能爱它一辈子,不离不弃呢?如果我们都能为自己的狗狗实施绝育手术,完全杜绝不必要的小生命出世,就不会有那么多的狗狗流浪街头了。

14. 完婚记 ···················· 143

15. 谁说"我不再是男子汉" ········ 151

## 第6章 人与狗之爱 ············ 165

狗有类似于人类的嫉妒、愤怒、关爱或其他情感吗?由于它们不会讲话,而我们又不能问它们,因此,我

们能做的就是根据它们的反应和身体语言来作出判断。我们会发现狗可以与我们分享相同的情感。高兴、害怕、平静、不安、满足、愤怒，甚至是爱，都是狗能和我们分享的。不要小看它们，它们看待世界的方法比我们想象的要多得多。爱和忠诚是我们对狗的要求的第一位，但这也是双向的过程。

16. 游戏时间开始了 ……………… 167
17. 都是嫉妒惹的祸 ……………… 174
18. 将瘦身进行到底 ……………… 184
19. 骨头有时候比爱更重要 ……………… 198
20. 相伴到老 ……………… 205

# 第1章 人狗同居时代

在所有动物中,狗和人的关系是最亲近的,不管你的狗是本土的还是漂洋过海而来的,也不管它们是纯种的还是杂交的,它们都能跟你共度晨昏,跟你欢笑,跟你悲伤。要迎接狗狗进门,不能只有三分钟热度!虽然对我们而言,这不是结婚大事,但却是狗狗的终身大事。爱它不需要理由,但爱需要方法,爱它就要对它负责,了解它、关心它、教育它。

做我的主人，
你准备好了吗？

## 1. 想说爱它不容易

我对动物没有热衷过。在老家的时候,家里曾经养过一只鸽子、两只乌龟和几条鱼,其它就再没有什么了。在我的记忆里,狗是那种长得很高大,会看家,为了捍卫自己的某些东西还会咬人一口的家伙。后来看到很多人把狗当成朋友甚至当做自己的孩子来看待,多少有些不理解。而且还经常在周末的早上被楼下遛弯儿的狗吵醒,便更加不喜欢那些闹哄哄的、长了好多毛还被梳了小辫子、穿着衣服、见人就叫、摇头摆尾的小狗。

但是,和朋友的一次野外游玩,我就产生了养狗的冲动。有一天,一个朋友要我陪她去进行一次"有氧呼吸",说白了就是放松一下心情。整个下午我们都坐在草地上,*周围是欢快的狗和陪伴着狗的人们,我突然无比羡慕能和狗狗一起奔跑。*

自从我有了养狗的念头以来,我便在网上、杂志上看了很多关于狗的资料。这时,我才明白:*狗狗是人们生活的好伙伴,而并非仅仅被作为人们宠爱的对象,它可以*

**为人们解除身体的疲劳，同时又给人们的心灵带来抚慰。**

当我们对一些事情产生误解的时候，是因为我们不了解。这也使我产生了更大的兴趣想了解狗的一切。**原来狗和人都是一样的，具有各种各样的性格。**很多狗狗由于和主人的性格不同，经常引来主人的打骂，甚至有些狗狗也因此而情绪低落，或忧郁而死，或被人抛弃。我就在杂志上看到过这样的一篇文章：狗的主人是一个热情好客的人，他养的狗狗与他的性格却完全相反，看到来了客人，它不肯"迎客"也就算了，对主人也一样不买账，见了掉头就走。即使客人与它友好地打招呼，它也连看都不看一眼，常常弄得主人很没面子。主人以为它得了什么病，便把它送回了领养中心。而领养中心的人对他说，这只狗的性格就是这样子的，并没有得病，但是主人仍然坚持不带它回家。主人在了解了各种狗的性格之后，挑选了一只热情好客的狗狗带回家了。

> 宠物狗的种类有上百种,它们的性格也各有不同,有顽皮、活泼、喜欢大运动量的,也有沉静、高雅、不需要太多运动的。宠物的性格和主人越相近,相处起来就越融洽,主人和宠物的感情就越容易培养起来。最不理智的做法就是赶潮流,仅凭外表就对它作出选择,橱窗里的那只小狗的确很可爱,但它也可能长成一只花费昂贵的吃货。

当我了解了狗狗的聪明、活泼、忠诚以后,我下决心要养一只狗狗。一个朋友得知我要养狗以后,直接跑到我家里来,连珠炮似的问了我一大堆的问题:**狗狗不是你的玩具,它将成为你的家庭成员**。你能否同意它融入到你的生活里,它不只是你几个月的负担,它将会陪伴你十年八载,你愿意为了照顾它的饮食和带它散步而拒绝朋友的聚会吗?你愿意腾出时间陪伴和教养它吗?你能够忍受它在不应该的地方大小便吗?你能够适应家里多了一只狗的体味和狗毛吗?你的经济状况可容许你花钱为它注射疫苗、美容、看兽医吗?……My

God，这些问题我可是从来没有想过呀。"有这么麻烦吗？"这个问题与其说是在问朋友，还不如说是在问我自己。那天晚上，我做了一个梦，梦见自己披着婚纱与一只狗狗站在一个神父面前，神父很严肃地问我："你愿意嫁给它吗，爱它、保护它，无论它健康或生病，在它有生之年，不离不弃吗？"随后突然醒来，我发现睡衣早已经被汗水浸湿。此时，我才意识到，养狗不是闹着玩的，它和结婚差不多，是需要认真对待的。

> 养狗不是一件简单的事情，你要或多或少地为它作出一些牺牲。因此，你要做好充分的心理准备，在养狗之前你要想清楚为什么要养狗，这样你才能心甘情愿地付出。现在的狗狗可以活10~15年，它也像人一样有生老病死。因此，当它老了、病了，你也不要随便将它抛弃，因为狗狗毕竟不是玩具。因此，你一旦要开始养狗，就要疼爱它，对它负责到底，直到它的生命终结。

明白了这些以后,我开始重新考虑养狗的问题。走路的时候想,吃饭的时候想,睡觉的时候也想。每当坐在电脑前,我会不知不觉地打开宠物网页;路上看到别人家可爱的狗狗,总是忍不住多看两眼,还会有事没事地与狗的主人搭讪几句。他们给我讲了很多自家狗狗有趣的故事,他们讲起狗狗时,总是眉飞色舞,满脸洋溢着得意的笑容。

　　周末的早上,楼下遛弯儿的狗狗依然把我吵醒,它们依然闹哄哄的,依然梳了小辫、穿着衣服、见人就叫、摇头摆尾,而我却不再讨厌它们的叫声、它们的打扮、它们的服饰,此时我更能够理解它们与主人之间融洽的关系。自己常常幻想:一只可爱的狗狗在我的爱抚下长大,带它出去跑步,扔飞盘给它当猎物,看它坐在地上一副很帅的样子。自己在沙发上看电视的时候,有条温顺的狗狗卧在一边。

　　这种温馨的画面让我迫不及待地想拥有一只属于自己的狗狗,朋友的劝诫已经飞到了九霄云外。

## 要当狗主人的条件

🐾 **三心皆备** 有爱心:你愿意疼爱、呵护它,对狗狗不会使用暴力。有耐心:调养它,忍受它带来的噪音、脏乱。有恒心:每天都能抽出时间陪它,绝不抛弃它。

🐾 **有经济能力** 狗狗需要上户口、食物、玩具、免疫、梳洗,一切的吃、穿、住都要花钱,万一生病了还得去看兽医……这些花费可是一笔不小的数目。

🐾 **时间充裕** 狗狗像小孩一样,需要照顾它吃饭、睡觉、洗澡、游戏……你每天都需要抽出一点时间带着狗狗出外遛遛。因为奔跑和玩耍对一只小狗的身体和心理成长是非常重要的,除此之外,每天让它接受一些阳光的照射,对它的健康也是再好不过的。只要你不需每天加班、没有很多交际应酬、没有出国读书计划,这样你才有更多的时间照料它。

🐾 **居家环境宽敞** 一只狗狗不仅仅要有自己的睡觉、吃饭、玩耍、大小便的空间,更重要的是,它还需要有一个足够大的活动空间,不管哪种类型的狗都需要大的活动

空间。

🐾 **家人同意** 狗狗将是你家里的一个重要成员,与每个成员的和平共处是很重要的。如果你有事,将会麻烦其他人来照顾它,所以养狗狗之前一定要先跟每一位家庭成员打个招呼,征求一下家人的意见。

## 2. 天使乎？魔鬼乎？

曾经听一个养狗的人说过：*养狗就像养一个婴儿，婴儿的样子和性格是没有办法选择的，而狗狗你却可以选择。*于是期望自己能养一只符合自己要求，与自己八字相合的狗狗。图片看了不少，认真地把各种狗狗的性格也研究了一遍，几天后，我心中已经有了一幅狗狗的画像：一只短毛的、耳朵竖起的、长嘴巴的、体型稍大一些的、性格既顽皮又温顺的狗狗。

> 在做决定之前，先了解一下狗狗的基本情况。例如狗狗的性格、长成后的大小等等，它的性别对你来说也很重要。可能的话，最好考察一下它父母的状况，可以了解是否存在遗传上的缺陷。选好你想要的狗狗，这关系到日后你和狗狗相处的心态和融洽程度，所以千万要慎重！

一日,在一家宠物店,我发现了一只全身白色,但身上和头部都有黄色花纹的狗,通过店员的介绍,我第一次知道它叫比格。比格属于那种短毛狗,这正是我所喜欢的。它站在玻璃盒里,歪着脑袋,眼睛眨巴眨巴地看着我,好像在问我:"你准备带我回家吗?"我站在那里看了它很久,当店员拿了一本有关比格成年后的书给我看后,我发觉自己已经迷上它了,它成年后那么地帅,简直酷毙了。这时正赶上它们开饭了,所有的狗都被放了出来,那只比格也活蹦乱跳地跑来跑去,我的眼神一刻也没有从它的身上移开过。我有着强烈的愿望想抱起它,于是经过店员的同意,它极其配合地被我抱在怀里。它抬起下巴,眼睛紧紧地盯着我,不停地嗅着,以至于它湿乎乎的小鼻子碰到我的脸上,凉丝丝的。当时我就产生了想抱它回家的冲动,但是最后理智还是战胜了冲动。

朋友们仍然劝我不要养,他们认为我根本没有能力去照顾一只狗。他们越是这样说,我养狗的愿望就越强烈,几乎每个周末我都要拉上朋友与我一起去狗市、宠物店,以

至于到了后来,朋友们的电话里常常传来:"您拨的电话已关机。"即使有人接,也是在"喂"的一声后,马上说道:"我今天要加班,不能陪你了。"一个朋友竟然可怜兮兮地对我说:"你别再折磨我了,饶过我吧。"这时我才意识到,我的行为已经引起"民愤"了。

正当我为了心目中的狗狗寻寻又觅觅时,朋友的一个电话让我感激涕零。他爸爸的一个朋友是卖狗的,让我有空的时候去看看,在我对选狗没有任何常识的情况下,这简直就是雪中送炭。看狗的前一天,我去宠物店,花了两个多小时精心选购了卧具、玩具、狗粮、如厕用具、饭盆……当我拎着四大袋子东西从商店回家的时候,我的感觉是家里增加了一口人,当然只是一只狗。最后能够做的就是在等待中期盼狗狗的到来。

那天,我们走进了一个院子,当我们的前脚刚踏进院门时,便引起了一片狗叫声。瞧着这满院子的狗,我开始后悔来这里了,但是已经来了,也只好硬着头皮往里冲了。那些关在笼子里的大狗看起来比较凶,上蹿下跳的,让人毛骨悚然。地上跑的小狗还好些,毛茸茸、圆嘟嘟的还蛮可爱。我们进了一间屋子,主人告诉我们这里面的狗狗都是两个月左右大的。我轻轻地抱起一只眯缝着眼睛的狗狗来看时,有只浅色黄毛的狗狗三步并作两步,踩在其他狗狗身上从笼子的那头奔过来,后腿用力地站起扶着笼边蹦啊蹦啊,小屁股一扭一扭的,两只乌溜溜的大眼睛机灵地闪动着,努力地要吸引我的注意。抱起它,明显地感觉到它的身体强壮有力,毛色十分有光泽。当它的小鼻子碰到我手上时有湿凉的感觉,它的牙齿也排列得很整齐,这时我把它举在胸前,对它说:"你是我的啦,小家伙。"它的眼睛痴痴地望着我,我想它是默许了。

> 养狗应从小开始,最好选两个月龄到6个月龄的,容易调教和培养感情;如果家里有人照顾,也可以选长毛狗;如果没有太多的时间,最好选短毛狗。选择公狗或母狗也是你需要考虑的问题,公狗通常较母狗体型大,但活泼一些,母狗就比较亲切、恋家。

随后，主人又给我讲了一些选狗时应该注意的事项：**双耳和双眼很重要，双耳活动灵活，耳道要清洁，没有异味，耳朵内侧为粉红色。**耳尖不要有皮屑，以防有寄生虫，经常侧头甩耳的狗，可能耳内有毛病。眼睛要干净明亮，没有眼屎。皮肤要柔软而有弹性，不能有硬结、肥厚，要注意皮肤是否有虱、疥螨等寄生虫或其他皮肤病。还要看看肛门是否有红肿或溃烂现象。原来，选一只健康的狗还有这么多的学问呢，我又开眼界了。

确定了这只狗是健康的后，我将它抱在怀里，它没有任何反感的举动，而且十分配合。当我抱着它走出院子时，身后院子里那些狗的叫声比我来的时候更厉害了，我突然感觉自己像是抱走了人家的孩子，但是也顾不得那么多了，然后将狗狗抱得更紧了。

回到家里，我把狗狗放在沙发上，可能是由于初到陌生的环境里，它哪里也不敢走，就在那儿发抖，看着它可怜的样子。我又心疼地把它抱在怀里，它的小脑袋枕着我的臂弯，身体一动也不动，眼睛却不停地转来转去。只过了一会儿,它便抬起头,看看周围,于是我把它放在地上,站了几秒钟,它便小心翼翼地往前走。经过几个小时的熟悉之后,它开始到处乱跑了,客厅、卧室、厨房、卫生间它都跑了个遍,就连我的衣柜它也不肯放过。它居然趁我不备的时候,随地撒尿,而我又要忙着擦地。

一阵忙乱之后,已是晚上11点多,它已经困得开始摇晃了。我找来一个旧鞋盒,里面铺了一块很柔软的毯子,这就是它的床了。后来我发现它总是喜欢把头伸进我的鞋子里,估计是睡鞋盒睡出后遗症了吧。我睡觉的时候,随手把卧室的门关上了。它却卧在鞋盒里发出呜呜的声音,那种叫声很奇怪,像小猫在喵喵,又像小绵羊在咩咩,还像婴儿在嗷嗷。当我走过去看它的时候,它便眼泪汪汪地看着我,我想它大概是想妈妈和兄弟姐妹了吧,可是我实在太累了,当我再次上床时,它又开始呜呜地叫。我生怕它会得病,于是赶紧上网找原因。原来有那么多的人都遇到过我这样的情况,而大致的原因就是:*小狗开始发出呜呜的声音,是因为它害怕孤独,所以会哭。据说闹钟可以安慰它,*

**因为滴答声会让它以为是妈妈的心跳。**这年头去哪里找闹钟，在我一阵苦思冥想之后，我终于想起上大学的时候有一个小闹表，可能还留着。于是翻箱倒柜，功夫不负有心人，闹表终于被我找到了。我将闹表放在它窝里的毯子下，一会儿它睡了，我也睡了。

刚开始的几天，我十分认真地照看它，和它一起玩耍，时时刻刻都没有分开过，我的一切活动都停止了，只围着它转来转去。后来意识到不能这样下去了，否则的话，别说养它了，就连我自己也可能吃不上饭了。我又开始了继续写作，任它自己去玩。意想不到的场面出现了，我的鞋子满地都是，报纸杂志散落一地，皱得像婴儿的尿布，而且它常常狂吠不已，周围的邻居常常来敲门，保安也经常来光顾。我对人家不停地点头哈腰，并一再保证，狗狗不会再叫了，人家才没有拨110。由于它玩电线，我那台心爱的CD机从柜子上摔下来就彻底报废了，而它也险些负伤。我几乎要疯掉了，在我一阵歇斯底里的怒吼之后，它灰溜溜地跑回了自己的窝里，眼皮耷拉着，一副知错就改的表情，当我狠狠地瞪着它时，它的眼睛不知道瞧哪里好。终于安静了一小会儿，现在对于我来说，这种安静已经成了一种奢望。

还有最最让我无法忍受的事情——我现在已经开始用"忍受"一词了，它把家里任何地方都当成了厕所，它经常在床上、沙发上撒尿，在房间里便便，我就只能一边洗一边擦，弄得房间到处是难闻的气味。甚至每次出门的时候，我都要闻一闻身上的衣服，或者喷一些香水，生怕人家会闻到我身上的另类气味。

一个月后，我得出结论，狗狗已经破坏了我一切正常的生活，它快把我给搞疯了。为了它，我可能会陷入经济危机（因为我无法正常工作），这种安逸的生活也会舍我而去。在深思熟虑之后，我决定把狗狗送回它原来的家。那一晚，我为它准备了一顿丰盛的晚餐，用我最好的香波把它洗得干干净净，并破例让它睡在我的床上。那一晚，我梦见自己站在神父面前忏悔。

在养狗的这段日子里，我确实体验了一回当妈的感受，证明我在相当长的一段时间里还不适合当妈妈：狗

狗让我变得神经兮兮。所以，还是继续享受我行我素的日子吧！

## 心爱小狗哪里买？

**繁殖场** 到繁殖场购买的狗，一般能保证健康和注射疫苗，相对来说品种也较纯正。一旦出了意外，也可以找场方协商解决。但是这里的价格较高。

**宠物店** 信誉较好的宠物店也可以买到一些优良品种的狗，品种纯度有保证且售后服务较好。但价格比较昂贵。

**狗市** 相对宠物店而言，大型狗市种类多，并且价格要便宜很多。但是从狗市买回来的狗，很难保证已注射疫苗，也很难保证是否健康，一旦出了事情，只能自认倒霉。

**朋友家** 家庭繁殖的狗狗基本可以保证健康，它们很少有被病菌感染的机会，身强体健，家庭的小狗甚至是可以当做孩子来养。因此，如果你想养一只健康的小狗，这种途径最可靠。

🐾 **领养** 如果你想养一只狗狗做伴,建议领养。很多迷路的、被人遗弃的小狗需要帮助,领养小狗对社会有意义。由于它们已经被领养义工收养,在健康上有保障,同时可以从义工处得到很专业、实用的养狗知识。但是很少有刚出生的小狗,你需要和它们相处一定的时间来适应。

### 3. 便便，也可以优雅

自第一次养狗失败以后，我就再也没有动过养狗的念头。其实，把狗狗送回去以后，好多天我都感觉自己好像丢失了什么东西似的，心神不宁。我开始回想我们的初次见面，回想它走进我生活后的点点滴滴，其实现在最后悔的是，连它的名字我也没有起，我想我对它太不负责任了。每每想到这些，我便开始思念它，思念我们在一起度过的半个月的时光，思念它的眼神，它的动作。于是我养成了一种习惯，每天晚饭后便到楼下的草地上坐坐，看看别人家的狗狗聊以自慰。

偶尔我养狗的经历也成为朋友们嘲笑的话柄，他们数落我最多的就是："养不教，人之过。"对于这一点，开始我并不完全理解，但是当我亲眼目睹过一只极具教养的狗之后，我开始认为，这句话是有道理的。

我整天呆在家里，面对着电脑屏幕，感觉自己都快发霉了，便很想把自己挂在晾衣绳上晒一晒，于是在一个晴朗的大好天，我来到一片开阔的草地上，那一片绿色给人

无限遐想。周围很多人都带着自己的爱犬在草地上尽情地奔跑,每只狗狗都有自己的名字,它们总是在听到主人的呼唤后,跑回主人身边,人和狗之间是那么和谐。

  在我身边不远处,一只狗狗在一个男人身边不停地转来转去,听主人叫它的名字,好像叫阿福。这时走过来一对母子,小孩年约三岁,看看他的眼神,就知道他对那只阿福产生了兴趣,但小孩的妈妈不喜欢狗,用很奇怪的眼神看着阿福。主人看出了小孩妈妈的担心,脱口说:"放心,我家的狗不咬人,而且定期打针,不会有传染病。"小孩的母亲尴尬地笑了笑说:"哦,你家的狗很可爱,我也很想养。"小孩一听,马上吵着要养狗,他妈妈立刻变了口气:"不行,狗会咬人,你的手被狗咬了会痛痛喔!狗很脏,会有传染病,到时候会有虫虫爬到你身上会痒痒喔。"在这时,阿福发出"嗯~嗯~"两声,主人二话不说把事先准备好的报纸铺好,待阿福拉完,主人把包着排泄物的报纸折叠起来,放进垃圾桶。小孩的母亲看完这一幕后接着说:"你看,狗狗在便便的时候很脏的,而且还要帮狗狗清理,这样你还要养吗？"小孩看着狗再回头看妈妈说："要。"母亲拗不过孩子，还想要说什么，却又止住了，然后母亲像想起了什么一样匆忙地催促小孩离开了。

那位母亲对狗的看法，相信很多人都会这样认为，可我仍然认为，那位母亲应该给予孩子正确的观念。但是这不是我要说的，我要说的是那只有教养的狗——阿福。我想它之所以那么懂得规矩，一定离不开主人的教育。

现在想起我养的狗狗，之所以搞乱了我的生活，都是我没有教养好的结果。*没有生来就不好的狗，只有不懂得教养它的主人。*细细地想一想，其实道理很简单。*狗与人的世界是完全不同的，人知道用语言表达自己的思想，而狗狗只能用动作和表情。*而当它到了一个陌生的环境，对主人的秉性一无所知的时候，它是凭着自己的本能在生活。如果我们什么都不教它，它就像一只野狗：需要主人追在屁股后面大呼小叫；在公共场所随地大小便，甚至对着陌生人龇牙咧嘴；以及在客厅里上蹿下跳，狂吠不止，搅得主人根本没法和客人好好说上几句话……有谁愿意养这样一只狗呢？*要想让*

**狗融入我们的生活、习惯于我们的生活，达到人狗和谐，狗的教育是至关重要的。**

现在明白这些已经晚了，但是如果能重新再来，我一定会做得更好。

# 第 2 章 生存权

当看见别人牵着狗在街上溜溜达达,或者偶尔经过宠物店门前,一定会有不少人闪过这种念头:"要是也能养只狗该多好!"且慢,先别如此轻率地掏钱把狗买回家。要知道,它不仅会花去我们大部分的时间,而且也会花去我们每月收入中的大部分。我们不仅要给它名字和"名分",而且还要善待它一辈子。因为它不是供我们开心的玩具,而是和我们一样享有生命的动物。

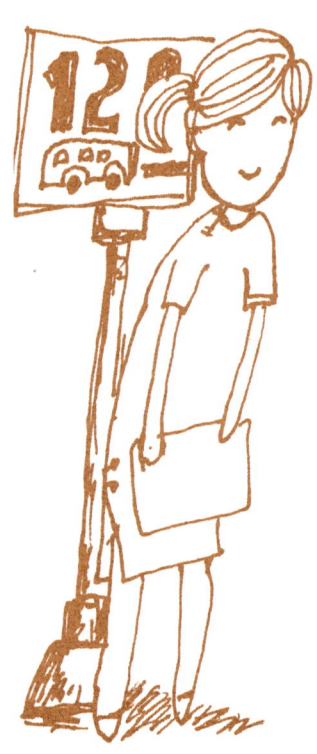

## 4. 寻觅不如偶遇

日子挟持着我不断地向前飞奔着,而今天却总是在重复着昨天的故事。

我依然在网络给我划定的地盘上发表我的东东,不写的时候,就与网友聊聊天,也曾一度陷入疯狂的网恋之中,但那种虚幻的感情并不牢靠,几个月以后,我便隐身而退,并给自己立了规矩:不与网友谈感情,不与网友见面。在我 QQ 的好友栏里,那些网友就像走马灯一样,过一段时间就会更新一批,我想这就是属于我们这个时代的速度吧。

在平时不出门的日子里,我每天总是睡到自然醒,胡乱地洗漱一番,看冰箱里有什么便吃点什么,心情好的时候就去楼下菜市场买自己最喜欢吃的鱼和青菜,回来美美地吃上一顿。当一边看电视,一边吃东西时,我便觉得这就是我的幸福时光。

当然,自己有的时候也会感觉孤独,没有人和自己说话,也没有人听自己说话,每到这个时候,我便想,哪怕有只狗也好啊!狗?是的,我又想起了狗,而且又打起了养狗的主意。对于养狗我又思前想后了一番,比如关于它的户口,关于它可能造成的麻烦,关于它会改变我的生活习惯……我想没关系,这次我会把狗当朋友,而不是玩赏的宠物,我会不卑不亢的。朋友跟我说,狗更像小孩子。是的,我除了给它温饱、和它互相陪着玩,还需要让它心理健康。

说来也真巧,属于我的那只狗狗就这样翩然而来。

一家杂志社催我写一篇关于宠物的稿子,由于自己根本没有太深的体会,稿子写得拖泥带水。这一天,终于结束了天昏地暗的赶稿期,从杂志社出来已经是下午5点。才刚一出门,便觉得整个马路都不对劲。这些天一直都在赶稿子,我根本不知道今天是几号。看着很多人手里拿着鲜花和巧克力,才突然想起——今天是情人节。于是,迅速给自己的朋友打电话,哪知她们的回话就像考试卷上的正确答案,如出一辙。心里恨恨地嘀咕着:没良心,重色轻友。在这样一个没有情人的情人节里,看着满街浓情蜜意的情侣

们,自己却不甘心躲回那个被人遗忘的小屋里,于是决定与那些爱情候鸟争夺马路空间。

我漫无目的地闲逛,搭着地铁电扶梯浮上地面,却看见外面已经下起了雪。不算太大的雪夹杂着细雨淅淅沥沥,给外面的世界拉上一层朦胧的灰幕,街上的人们都尽量把头缩进衣领里,我也将外衣裹紧。

走出地铁口,眼睛漫无目的地四处张望,发现有一双友善的眼睛正聚精会神地看着自己。这时我才发现在一个中年妇女的一只手上托着一只小狗,黄色的毛半长不短,均匀地杂着咖啡色的毛,短短的耳朵尖往下折。我微笑着朝小家伙打了声招呼:"嗨,小狗,你好吗?"它显然是不怎么好,整个身子被冻得瑟瑟发抖,它用那哀怨的眼神看了看我,转而又无力地耷拉着头,两只眼睛向下看着。

我抚摸着它的头,中年妇女看我似乎很喜欢那只小狗,便告诉我,这只小狗已经有两个多月大了,是只小公狗,是她家大黄狗的后代,由于一下子生了6只小狗,家

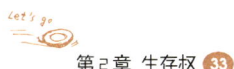

里负担太重了。最后问我要不要,说她着急回家,可以便宜一些给我。

我有些犹豫,它太小了,有一种万一我照顾不周它就会丧命的感觉。于是我收回我的眼神,走进夜幕中。路上我一直回想那只小狗无辜的脸和哀怨的眼神,真让人心疼。后来就想,也许这是上天在这样一个情人节里送给我的礼物吧,这么一想,便朝那位妇人走去。

抱过它的那个瞬间,我心里满满的,充满了对它的爱和保护, 见它一直在抖,我便小心翼翼地用衣服将它裹在怀里,它的小脑袋靠在我胸前,头抬着,眼睛有点不知所措地看着我,我真的觉得它就是个小孩子。人家都说,爱狗是女人的天性,因为她们可以尽情地表达母爱,似乎有点道理。于是我带着情人节的小艳遇往回家的路上走,这个情人节,总算有了收获。

回到家后,我把它放在地上,让它熟悉一下新家,消除恐惧。之后我便忙开了:*将地板擦了又擦,将原来的狗食盆、玩具都彻彻底底地刷了几遍,生怕它闻到以前那只狗狗的*

*味道而不开心*；把原来一些不用的旧电器都收起来，因为小狗很可能会咬悬垂的电线，这非常危险；把一切露在外面的电源线都用家具挡好；把房间内的家具、物品都紧挨着，尽量使其不留有窄小的空隙，因为小狗的脑袋可能会卡在其间，造成身体的伤害；*将房间角落里放置的蟑螂药全部倒入马桶里，以避免它会吸食而中毒；整理满地的鞋子，通通收进鞋柜；把地上的书籍和纸张全部打包放到了阳台上*……我从来没想过原来家里也可以这样整洁。

我还检查了床垫底衬上是否有裂缝，因为我曾看过一篇报道：女主人家里的床垫底衬上有个裂缝，小狗狗便钻了进去，结果失踪了好几个小时。主人在家里焦急地找了好几遍，最后开始大叫，好不容易听到小狗微弱的求救声，才将它解救出来。我*还将洗手间里的洗衣粉和香皂一类的东西都收到了小狗够不到的柜子里，因为小狗可能会对舔食香皂感兴趣，由此会产生呕吐反应，还可能导致脱水，这是很危险的。*

> 小狗天生就很好奇,当它到达一个陌生环境时,它会四处嗅嗅、咬咬任何它发现的新东西,因此在小狗到来之前,应将家里仔细地整理一番,做好准备。虽然这很简单,但很关键。

我不讲情面地把这个昏昏欲睡的小家伙折腾起来,看它长得虎头虎脑的样子,满心喜欢。依照先前那个卖狗人教我的技巧,我给狗狗做了全身检查:检查皮肤、眼睛、耳朵、屁屁;测试它的听力;看它是不是活泼好动。一切都很正常。它任我摆弄来摆弄去,没有表现出任何的反感,而且还把前爪搭在我的腿上,脸在我手上蹭,准备展开要舔要抱要咬的架势,我知道**舔和咬是狗狗对人最高的亲热表示**,由此看出它还很温顺。

通过不熟悉的渠道获得的狗狗,我们最好带到兽医院接受全面的检查,在确认狗狗没有任何疾病以后,才可以放心地带回家。

在网上查了一些喂养狗的方法，便弄了一些吃的给它，它狼吞虎咽般吃起来，恐怕已经饿一天了吧。我怕它会被噎着，于是温柔地对它说："宝贝，慢点，没人和你抢。"宝贝？我竟然使用这个词来称呼它，记得以前听到别人这样喊自家的狗狗，我都要撇撇嘴，然后暗自嘲笑，而如今我却这样自然地喊它，感觉自己也很奇怪。可能是吃得太快了，它趴在地上开始反胃，把刚才吃的食物都吐了出来，然而让我惊讶的是，**它竟然把那些吐出的东西又吃掉了**，我的胃也跟着反应了好一会儿，后来听到其他养狗人说狗都是这样的，我才稍稍释然。

据说**3个月以内的小狗是不适合洗澡的，因为怕着凉而导致感冒和肺炎**。但是它实在是有些脏，于是我用狗狗专用的香波给它洗了个澡，这种香波竟然比我用的都贵，让我很是嫉妒。洗完之后我急忙用吹风机将它的毛毛彻底地吹干。抱起它，小家伙身上香香的，它便扬起小脸，用它特有的温顺的眼睛看看我，就软软地一动不动地卧在我身上了。

> 给狗狗洗澡应该使用专门为宠物狗特制的宠物浴液,因为狗狗的皮肤是偏碱性的,而人类的皮肤是酸性的,长期使用普通浴液或者肥皂会使狗狗的皮肤干燥、老化和脱毛。而且普通浴液里都加入香料,如果它只有一身的香味,而没有一点"狗味",其它的狗会不认同它,并可能一起欺负它。

我把它的窝安在客厅里,我小心翼翼地把它放在窝里,它抬头看看我,没有作声,便睡下了。可是当我关了所有的灯走向卧室的时候,它马上会很不安地抬起头,跟着我走到卧室门口。怕它养成不好的习惯,我狠心地关上门。我躺在床上,却一直竖着耳朵听着狗狗的一切反应:开始它很安静,而后开始呜呜地哭。我走到客厅,安慰它:"乖乖,睡觉了啊。"它就又安静一会儿,然后继续哭。听到它的哭声,我的心像冰块遇到了高温开始融化。怎么说,它也还是个婴儿,自己睡在大客厅里,怎么会不怕呢。还是开着门吧,它自动地走进卧室,枕着我的一条裤腿美美地睡了,一直睡到太阳已经升得老高,它也没有任何的不满意!看来,只要在我身边,一切都没有问题!于是我让步了,把它的睡床搬到了我的卧室。*小狗的睡眠很多,白天也经常睡*,只要它想睡觉,就会往卧室跑了。

从此,它在我这里安家落户了,和我成为了一家人。

> 对于成长中的小狗来说,睡觉是至关重要的,不可耽误,否则会影响它将来的发育。因为对于小狗而言,它可没有那么多的体力,它的生活其实就是吃了睡、睡了吃。

## 狗狗来之前准备什么

🐾 **清理房间** 在小狗到来之前,应将家里仔细地整理一番,做好准备。小狗天生就很好奇。当它到达你的家时,它会四处嗅嗅、咬咬任何它发现的新东西。应确定所有的电器的电源插头都已从插座上拔掉。将所有的清洁物品及装

饰物品都放在小狗无法触及的地方。将值钱的物品和易碎的物品收藏好,直到小狗已经度过爱四处乱咬的过渡期。将大门关上,并将矮窗关好。

**准备一张床** 狗狗刚到家时还不习惯新的环境,会很害怕,所以你在选择狗狗的窝时一定要仔细地检查是否柔软、是否通风,要给小狗以安全感,不要一来就吓坏它。狗窝里要垫上容易清洁的垫子,像什么大毛巾、旧衣服等等都是上好的材料。

**挑选狗碗** 针对狗狗的大小和品种给它准备好相应的饭碗。要挑选那种不容易被性急的狗狗扒翻,又容易从中取食的狗碗。想一次性买一个大狗饭盆让狗狗使一辈子的做法是不对的,小狗狗用大狗盆会够不着食物,放多了吃不了又容易变质。此外,不要用金属的器皿充当狗狗的饭盆,刚刚长出牙的小狗狗会向一切可咬的东西发起进攻,金属的饭盆容易硌坏它幼小的牙齿。

**购买玩具** 玩具不要太硬,容易弄伤狗的口腔和牙齿。最好的玩具就是皮球和玩具骨头了。皮球滚来滚去,不太受小狗控制,这样它很难对它失去兴趣;玩具骨头是它们磨牙的好工具,可以让家里的家具免受其害。

**选购洗澡用品** 选择狗狗的沐浴露时,应该选择正规厂家生产的、质优价廉的产品,同时也要看看是否适合你的狗狗使用。还可以选择具有防蚤、预防皮肤病功能的。

## 5. 没有名字，不如不养

几天下来，我和"宝贝"相处得很好。"宝贝"显然已经明白了，我是它的新主人，它已经开始信任我，依恋我，我坐在电脑前工作的时候，它就趴在我的脚边，我去洗手间，它就颠颠地跟着，趴在洗手间的小垫子上。

家里养的狗狗需要接种疫苗。我带它到宠物医院，它很乖，一动也不动。只有当医生把针头插进它的身体时，才会引起一阵慌乱。之后每当我带它去宠物医院时，它都十分紧张，尤其是看到医生手里的针头时就往我的腋下钻。其实这不能怪狗狗胆小，即使我看见那针头，身体也会冒冷汗，就好像看到了电影里面的"冷面杀手"。

> 狗和人类一样，可通过母乳得到免疫抗体，但只能保护到 6 周至 8 周，以后就需要接种疫苗了。接种程序是：50 日龄到 3 个月龄做第一次接种的幼犬，每 4 周接种一次，肌肉注射，连续 3 次，以后每年一次。

过了一段日子,我突然意识到我应该给"宝贝"起个名字了,"宝贝"只是我对它的昵称,却算不上一个名字,它应该有一个正式的名字。据说英国人十分喜爱宠物,尤其是狗,书店里为猫狗起名的书和为孩子起名的书"并肩而立"。该给它起个什么名字好呢?总不能像以前一样黄狗就叫阿黄,花猫就叫阿花吧,现在什么都讲究个性化,我想狗的名字也要有个性才好。有句古语说得好:"如果不给一条狗取个好听的名字,不如把它勒死算了。"

给狗狗起名字可真是一件伤脑筋的事情,我在网上搜罗了一大堆相关的文章,给狗起名字的名堂还真不少,但是我还是从中总结了几条必须注意的规则:

**起名字要讲规矩**。因为一不留神,可能会闹出一些纠纷甚至一些官司:有一位主人给自己的爱犬起名叫平平,孰料,新搬来的邻居家9岁小孩的小名也叫萍萍。每天早晨和晚上,只要主人外出遛狗,"平平"、"平平"的喊声就会不断出现在走廊、楼道和小区内。萍萍的家长多次向狗的主人提出给小狗改名的要求,但均遭到拒绝。此后,两家时常发生激烈的争吵,辱骂声不断,最后竟然大打出手,闹上法庭。虽然法律并没有明确规定,狗不能起人的名字,但是为了避免无谓的纷争和伤害,我决定不给我的狗狗用人的名字。

**名字要简单顺口,尾音也要响亮,让狗狗容易记忆和分辨。**有人为自己家的狗取名为里奥那多·迪奥卡皮罗。对此我是坚决反对的,狗怎么能记住那么长又那么难听的名字呢?

给狗狗起名,最好选择容易发音的单音节和双音节词,使幼犬容易记忆和分辨。如果家里有两只以上的狗狗,名字的语音更应清晰明了,以免它们混淆。

**名字不能起得太恐怖,让人听了就怕。这样不知不觉就会在人和狗之间筑起一堵墙。**为了能给狗狗起个好名字,我还在网上论坛发起总动员,请网上爱狗的朋友来帮忙。"公

告"一发出，这下子可热闹了，什么六大叔七大姑八大姨的全来了，争先恐后地为我的狗狗起名字，对于他们的热心我表示感谢，但是他们起的名字却让我大跌眼镜：火锅、招财、体彩中心、狼才、掉毛、阿呆、金波郎、黄世仁、悟空……足足有几十个，还有一位仁兄说："要不叫克林顿吧，拉登也行，就是有点恐怖！"也有人提议叫"小泉"，这个提议一经提出，就仿佛一块石头投在了平静的湖面上，引来一片争议。有人说这个名字不错，紧接着便有人反对说这个名字具有侮辱性，更有人说这个名字是对狗的极大侮辱，又有人说还是让狗狗委屈一下吧。看着他们吵来吵去，让我哭笑不得，可是狗狗的名字仍然没有确定下来。

更多的人给狗起名字是为了代表一种愿望，我的一个姓吴的朋友在自己的事业最不顺利的时候给他的狗儿子起名叫"吴难"（无难），就是希望自己在各方面都没有困难，一帆风顺。还有一对夫妻朋友，给自家的狗狗起名叫"引子"，就是希望狗狗能给他们引来一个儿子。但我并不倾向于这种起名方式，我更喜欢根据狗的性格和外貌特征来起名字,给人一种叫其名、知其狗的感觉。

几天过去了,狗狗的名字还没有定下来,比给人起名字还难产。我为了给它起名字正伤着脑筋,而它却每天快乐得不行。我发觉自从它来了以后,很多东西总是在转身的瞬间就不见了。当我去倒水回来,放在椅子上的靠垫不翼而飞,怎么找也找不见,它却在我脚边转来转去,在沙发上上蹿下跳,似乎是在帮我找。我突然在沙发后面发现了那可怜的靠垫,还会有谁能将靠垫放在那个地方。当它发现我已经找到了靠垫,便跑到一边,坐在那里歪着个小脑袋瞧着我,就好像在说:"呵呵~~,你被整了。"我真是又好气又好笑,但是为了显示我的威严,我板起脸,厉声问道:"是不是你干的,赶紧过来承认错误,否则晚上别想吃饭。"它意识到我生气了,本来张着的嘴巴合在了一起,东瞧瞧西望望,想分散我的注意力,转而又用眼睛偷偷地瞄我一下。我并不上当,我定睛地看着它,再一次发出命令:"快点过来。"它没有办法,耳朵背后,嘴巴贴着地板,缓缓地、灰溜溜地向我靠近,走到我脚边的时候,不停地舔我

的脚趾头,当我蹲下来用一个手指指着它:"以后不许这样,否则看我怎么教训你。"它眯着眼睛,尾巴像上了发条似的不停地摇晃,伸出舌头舔着我的手指,我知道它在讨好我。它还那么小,就知道讨好我了,真是狗的本性。我摸摸它的头:"以后不许这样,去玩吧。"于是它活蹦乱跳地跑开了,我心里暗自发笑,真是一只顽皮的狗狗。我灵机一动,顽皮?有了,干脆就叫皮皮吧。虽然不是太好,但也不是很俗,很简单,叫着也顺口,而且我希望它永远是只顽皮的狗狗。

名字起好以后,我把它抱在胸前,并告诉它:"小家伙,你有名字了,你叫皮皮,一定要记住哦。"它似懂非懂、漫不经心地看着我,我便反复地重复着"皮皮""皮皮"。在一天当中,"皮皮"两个字 N 次地回响在房间的上空,我所到之处都留下了"皮皮"的声痕。特别是当我与它玩耍时和它进餐之前,我会反复不停地叫着。一天我在厨房里给它准备午饭,随口叫了一声:"皮皮,来吃饭啦。"当我正打算去抱它过来时,回头看见它已经朝我跑来,并高兴地晃动着尾巴。我太高兴了、太激动了、太……我的眼泪差一点就出来了。我抱起它不停地亲它,轻抚着它的小脑袋,在那顿中餐里我又给它添加了一些它最爱吃的肉末,并一直开心地看着它吃个精光。

> 呼名训练,最好选择在狗狗心情舒畅、与你嬉戏玩耍或在向你讨食的过程中进行。训练必须一鼓作气,连续反复地进行。在狗狗能听懂你叫它时,必须给予适当的奖励,切忌在呼喊它名字时对其进行惩罚,使狗狗误认为呼其名就是要惩罚它而不敢靠前,影响训练效果。

此后,皮皮在我的精心调教下,还学会了坐,这让我激动了好几天。自此,我便一直生活在皮皮给我的惊喜和感动里。

每当我喊"皮皮"时,它都能迅速地跑到我的身边,坐下来歪着脑袋,眼睛眨也不眨地看着我,好像在说:"主人,

有什么事吗？"每当这个时候,我就有一种成就感,有这样一只乖宝宝,感觉真好。

由于它掌握了新的知识,我更愿意将它带在身边,无论走到哪里,我都感觉春风得意、其乐融融。

## 怎样让狗记住名字?

★ 在给狗狗起名字的时候,一般常使用狗狗容易分辨和记忆的单音节或双音节词,越简单越好,短促、清脆,叫起来悦耳,不宜太长和绕嘴。

★ 呼名训练的时间,应选择在狗狗心情舒畅、精神集中、与你嬉戏的过程中进行。呼名训练必须反复地进行,直到幼犬对名字有明显的反应为止。

★ 主人应利用一切机会进行训练。比如,在狗狗饥饿、主人准备喂食时,呼叫它的名字;在它恰好向主人奔来时,呼叫它的名字,接下来就用温和的语气和爱抚迎接它,使狗狗感到,呼叫它来到身边就会得到好处。

★ 呼名时,主人的语气要亲切和友善,切勿命令式或凶恶异常，以免狗狗听了觉得害怕。

★ 当狗有出色表现时，用温柔的音调呼唤它的名字。当它表现不好时，使用另一种音调，玩耍时再用一种语调。

★ 不可有事没事地乱叫狗狗的名字，一会儿叫这个名字，过一会儿又叫另外的名字，这样会使狗狗无所适从。

★ 有的狗会装聋，明明已听到呼其名，但却不作任何反应。所以你在一开始进行呼名训练时，就应注意这一点。一旦发现应及时纠正。

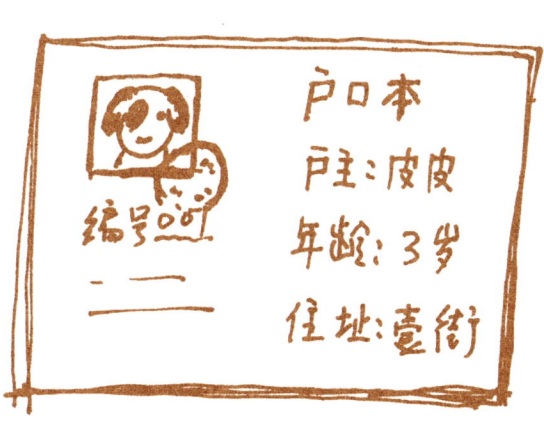

## 6. 爱它，就给它"名分"

"写得太差了，皮皮，我写不下去了。"然后我把键盘往旁边一推，从电脑前站起来，叹口气说。每当我的写作不顺利的时候，我都会这样。

皮皮一听唤自己的名字，便马上抬起头，把头偏到黄耳朵那边，仿佛只用黄里透红的那只耳朵在听着，样子很讨人喜欢，它的神态好像在说："怎么啦，我亲爱的主人，我听着呢，你想说什么？"

看到它那样的表情，我会即刻高兴起来，说："皮皮，你太好了，你真是一只好狗狗，好狗总是讨人喜欢的。"我把皮皮抱到膝上，抚摩着它的毛。这时，皮皮觉得暖洋洋的，很舒服的样子。它这一辈子都记得"好"这个词，这意味着赞美、爱抚和友好。

近几个月来，皮皮不知不觉地融入到我的生活中，而且占据了牢固的地位，我开始感觉到我的生活中不能没有它。

养狗对我来说，是一个正面的改变。过去一年里，我几

乎过着足不出户的尼姑生活。一个人住,也想不起来发挥一下自己那其实贫乏得可怜的厨艺,大部分时间都是吃外卖。晚饭后如果不是躺着看书、看电视,就是打开电脑上网,抑或是继续畅游在我的幻想里,组织成文字,任别人去"指手画脚"。25岁,已经提早开始过着退休老人的生活,一点也不像一个走在时代尖端的新生代女性。日子没有太多的变化,腰围却是一天一天地变粗。有了皮皮就不一样了,每天至少得出门陪它运动一趟才行,如果每天连这半个钟头都不陪它,我觉得自己根本不配当一个狗主人,我的体重也因此得到了明显的控制。这真是个锻炼身体的好办法。比起我的朋友一年花2800元在健身房里减肥,要经济有效得多。

  皮皮每当看到我要出门,便情意缱绻,做出幼儿绕膝的憨态,它知道我又要带它出去玩了,趁我照镜子的机会,它也摇头摆尾地在镜子跟前照了又照。其实很久以来我就发现它有照镜子的习惯了,尤其是每次带它出去的时候,我梳头,它也凑上来,两只前爪搭在我的腿上,我也就顺便给它梳理一下,然后它会走到镜子跟前照一照,它居然还是一只爱臭美的狗。

房门一开,它便身影矫捷,一溜烟跑到电梯厅里。如果我未能及时跟来,它便转回来催促。下了电梯,出了大门,皮皮便如鱼入海,欢跳着,奔跑着,一会儿在前面带路,一会儿在身旁护卫,一会儿远远地掉在后面,绕着一根电线杆留记号。等到我一声呼唤,它才恍然大悟,狂奔而来,而且很快就把我远远地抛在后面。

> 外出散步不仅可以帮助狗狗大小便,而且还可以锻炼它的身体、强健体魄,阳光中的紫外线还能够杀死狗狗身上的细菌和寄生虫。每次散步应掌握在一个小时左右,时间太长容易让狗狗太过疲劳,也容易让它玩野了,以后不好教育。

**狗的天性,就是对所有的人都摇尾巴。** 只要路旁有人逗留,它必定要前去打招呼。或后腿站起来与人拥抱,或前爪伸过去与人友好,至少也得环绕一圈,以示敬意。因此,

只要外出,我总要不断地提醒它:皮皮,该走啦!

最令它高兴的是,在路上碰到自己的同类。*两只小狗见面,先碰鼻子,闻闻前面;再看尾巴,辨别性别,一套仪式做完,如果互相认可,就可以到草地上撒欢了。*这时候我们这些主人便成了仆人,得耐心地在一旁等着。直到一个回合下来,才能提醒它:别玩啦!该走啦!

令我纳闷的是,皮皮并非见到所有的人都逗留,也不是见到所有的狗都嬉闹。有时候,有人叫它,它扬长而去,俨然摆出一副老大的派头;有时别的狗纠缠,它佯装不睬。我搞不懂,皮皮对人的判断,对狗的取舍,是凭视觉还是靠嗅觉?谁是我们的敌人,谁是我们的朋友,难道在它心里也有一本账?

有一段日子,听说有抄狗的要来。因为皮皮没有户口,便每天呆在家里不敢出门。可是皮皮每天吃完晚饭后依旧坐在门口等着,我不停地和它解释我们不能出去的原因,可它似乎什么也听不进去,死心塌地地等在那里,期盼和失望的目光不停地交织着,让我感到焦灼和不安。

在家已经闷了几天了,皮皮失去了往日的活力,饭也吃得很少。抄狗!听起来就觉得可怕。可是皮皮的期待让我心酸,我决定冒一次风险。

在兴奋与焦灼的等待中夜幕终于来临。晚上9点半,我穿着运动鞋(以防遇到抄狗的不测事件时能迅速地逃离现场),牵着皮皮,像怕见光的贼溜到了小区里。不好!门口坐了一大群老头老太太,我赶紧拐弯绕到楼后面。虽说这楼后面的空地小了点儿,可毕竟还是有草有花,还是可以和大自然接触嘛!好不容易等到晚上10点多,我躲在暗处侦察了一下,发现没有人了,就剩下一个看门的老头。开心时刻来临。我牵着皮皮从门口飞奔而出。我们朝着对面的大院子冲去,对面是一个超级大院,里面肯定不会有抄狗的。可刚进去就发现不行,前面是一个大工地,没办法穿进院子,只好又快快地出来,转到街面上行走,走了几步发现夜色很美,三三两两纳凉的人散落在街头巷尾,再环顾四周好像也没有人们所说的抄狗队员嘛,于是心情开始轻松起来,牵着皮皮步履轻快地向前走着。走了一会,碰上了一

个老太太牵着一只博美犬,那家伙是一个"小男生",一看见皮皮就在电线杆子那儿抬脚撒尿,然后又在那儿闻了闻。趁这会儿工夫,我问那老太太:"这平时有抄狗的吗?""有!"干脆而肯定的回答让我顿时觉得空气凝固、呼吸急促,顾不上和热情的博美再见,就赶紧拉着皮皮往回走。回家的路上一直心情高度紧张,不知不觉地走得很快,皮皮在后面呼哧呼哧地跟着,我想它一定被我这急行军似的散步搞糊涂了。

终于到家了,这颗悬着的心总算可以归位了。打死我,我也不能干这种事情了。跑了一路,皮皮似乎也累了,安静地趴在地板上。

那一晚,我在网上看了一个网友的帖子,让我再次提心吊胆起来:

一个叫露露的狗狗,已经4岁了,由于黑心邻居的举报,被公安局抓走了,5天后主人把它保出来,露露的双眼流着带脓的血水,连鼻子里都是血。露露的主人——老妈妈哭诉着:我们的露露乖啊……我们露露才4岁啊……而

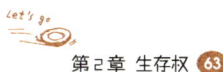

这背后的故事更让人心酸。原来老妈妈的儿子是聋哑人，是他把露露带回来的。养露露最主要的一个原因是，家里来了什么人狗狗先知道，这样儿子就会去开门了……4年多来，露露带给他们无尽的欢乐。露露的眼睛已经瞎了，生命也奄奄一息。有人建议给它实施安乐死，与其让它痛苦地活着，还不如让它痛快地走吧。主人用颤抖的手签了安乐死的单子，随即抱着露露失声痛哭。在场的很多人都流下眼泪。很多网友都希望露露在天堂做个快乐的天使，来生来世，再不要投胎做狗狗……

　　看着露露和主人的照片，我的心不停地抽搐了，鼻子一酸，泪水像决堤的洪水一般冲泻下来。我跑到皮皮身边，不管它是否在睡梦之中，一把将它抱在怀里，生怕有人将它抢走。皮皮睡眼朦胧地望着我，显出困惑的样子。它不停地吻我，舔着我脸上的泪水，我感觉它在安慰我。可能它感觉到嘴里有些异样的味道，它愣愣地看着我，开始从各个角度、各个方向看我，观察我。它的这副神情倒让我破涕为笑，它不会认为它的主人精神有问题吧？

这一晚,它一直跟着我怎么也不肯去睡觉,困了就在地板上打个盹,等我把它抱进窝里,它懒懒散散地往窝里一歪,看着我,意思是,要睡了吗?等我去洗澡回来,它挣扎着醒过来,睡眼惺忪地看我一眼,我摸摸它,对它细语轻声地说,"乖乖,睡了",它才安心睡下。

网上很多人家的狗狗都被抓过,还说被抓的狗狗都被关在又黑、又冷、又湿的地方,被一扇又一扇的大铁门封着,没有人管它们,当它们饿得发疯的时候,就开始自相残杀。看着一条一条的控诉,我的鸡皮疙瘩掉了一地。这不由得让我想起了那部电影《卡拉是条狗》,以前看完,也没什么感觉。现在才知道,那是因为没有产生共鸣,因为只有那些真正养狗的人,才能深切地体会"老二"的苦处。"老二"的快乐不在狗,而在于那狗给他的那一丝快乐和心理的满足,而这一丝的快乐又因为一时的疏忽而被打破。"老二"是幸运的,几经周折之后,他完好地带回了他的狗。而生活中,很多人家的狗狗却没有那么幸运。

这一晚,我失眠了。眼前总是晃动着这样的景象:夜色

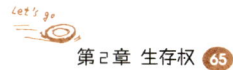

中的警车，手里拿着手电筒和套狗工具的警察，黑暗中抱着狗疯狂奔跑的人们，检查狗证，围堵没有狗证而四处逃窜的遛狗人……看着熟睡的皮皮发出微微的鼾声，我喜欢看见它知足的样子，我决不能让皮皮变成卡拉，更不能变成露露。我决定明天一定要给皮皮上户口，让它成为一只合法生存的狗。

# 第3章 狗狗的方言

生活在今天的狗,命运实在不错,因为它们已经被当做家庭中的一员。它们住得舒适,饮食无忧,生病的时候还有专门的医院。我们为狗担心就像担心十分亲密的人一样,但是狗毕竟是狗,它们不是完美的,但从它们某些至关重要的行为方式上看,它们要比我们善良,它们从不计划报复,只是坦率地做事情。

## 7. 狗狗要尿尿

听过这样一个笑话：一只狗经常在家里撒尿，每当它撒尿的时候，主人就生气地把它扔出窗外。几次以后，每当撒完尿，它便自己跳出窗外。记得当时，这个笑话让我开心了好几个月，每每想起就暗自发笑。那只可怜的狗狗，虽然它并不明白主人为什么要那么做，但是它却知道每当它撒尿的时候，主人把它扔出去会很开心。于是为了讨好主人，狗狗总是主动地把自己"扔"出去。以前只是当做笑话来听，现在自己养了狗才明白，狗之所以会养成这样的习惯，在于主人的教育方法不当。

这不免又让我想起电影《冒牌天使》里的片断：主人公布鲁斯有一只狗，喜欢在沙发上撒尿，总是把沙发弄得湿漉漉的，他只好一边骂着一边把狗扔到屋子外面去。后来在一天之中，他遇到很多倒霉的事，于是他把这一切都怪罪在上帝身上，指着天空咒骂上帝。上帝受够了他不停的抱怨，来到他身边，并决定赐予他一天神奇的力量，让他知道要维系世界的运作该有多么艰难。他开始了疯狂的法力游戏,其中最绝的是,布鲁斯看着自己那只讨厌的狗,希望它去洗手间解决问题,想不到的是,那只狗竟然真的走进了洗手间,掀开马桶盖站在边上尿尿,尿完后还"顺脚"冲了水。我想那些养狗的人看到这里,一定都希望自己的狗狗也能如此地"解决问题"。其实我们的狗狗完全可以做到这一点,关键是要正确地引导和教育它。

在养第一只狗狗失败以后,我便意识到*狗的教育是件大事情,而且这种教育会融入每天生活的方方面面*,我便无比认真地开始对待皮皮的教育问题。

首要问题便是皮皮如厕习惯问题。由于皮皮还小,还没有什么自制力,一天尿尿不计其数,大便也有五六次之多。根据几个养狗朋友的经验,我为皮皮买了专用的狗尿垫铺在地上当它的厕所,也尝试买了一个专用的狗厕所,可是皮皮很不喜欢,我只是展示了一下,便收进了箱子里。开始我将它的厕所放在洗手间里,为了让它能找准地方方便,连续两个晚上,我陪皮皮在卫生间里呆了半个小时,它不仅没有成功上厕所,竟然还在垫子上睡着了,我也差点睡在那里。

在训练皮皮正确如厕的这段时间里,我的一个大学同学来北京参加考试,便寄宿在我这里。她受不了我每天训练皮皮的耐心,她说我太宠着皮皮了,于是许下承诺,在两天之内她会搞定皮皮。在我训练皮皮正确如厕一无所获的情况下,也只好让她试一试。每当她发现地板上被皮皮尿湿,她就会把它拖过来,硬是把它的头按在地板上让它闻一闻。接着她会吼它,然后把它赶出房间,顺便还要在它的屁股上打一下。我真是心疼啊,几次都鼻子酸酸的。显然,她的魔鬼训练法并没有起到什么作用,考试结束后,在她走的那天她还不忘对皮皮说:"下次来一定搞定你。"皮皮躲在我的身后,透过我两腿之间的缝隙偷偷地瞧她。

接下来的一段时间里,我通过心理分析和观察,认为它不喜欢洗手间黑色的地砖,而且害怕,不敢自己进去,于是又将它的厕所挪到了阳台,但是后来发现它吃饭喝水后马上要尿尿,来不及去阳台,所以,无奈我又在厨房里安排了它的第三个厕所,它率先实现了两个洗手间的小康生活。大约两个星期以后的一天早晨,我闻到皮皮排泄物的气味,于是,闻着气味,我找到了皮皮的大便,它竟然很准地拉到了垫子上。我欣喜若狂,对它又是亲又是拍的,它那个小掸子一样的尾巴在地板上左右扫动着。此后它表现得一直很好,有时会有一两次差错,但在我看来已经很好了。

大约3个星期以后,我的那位同学去南方出差,路过北京想来看我。她在我这仅仅呆了一天,所有的事情却变得一团糟,任何人都不可能猜到皮皮都干了什么。当我的同学一踏进房间,皮皮马上就在她面前撒了一泡尿,我的同学气急败坏,我也觉得很没面子。每当她走近皮皮,皮皮就蹲得低低的,然后在她面前撒一泡尿,我也被搞得莫名其妙。晚上的时候,她只是想抱抱皮皮,然而皮皮却背躺在地上打滚,就像狗狗有时候让人挠它的肚子一样,当她弯下腰来,它居然想把尿直接喷向她的脸。我们都以为皮皮一定是记仇了,在报复她。临走的时候,她扔给我一句话:"把它送人吧,这只狗不正常。"

同学走了以后,我把皮皮狠狠地训了一顿,它把我的脸都丢光了,可它那种委屈的表情却让我感到我似乎错怪了它。皮皮又恢复了往日的状态,没有什么不正常啊,这让

我越发地觉得奇怪起来。咨询了很多养狗的朋友,他们的狗狗都没有出现过这种事情。大约在半年以后,不经意间进入了一家动物网站的论坛,那里面还有几位动物专家的专栏,于是注册了姓名,发了一个帖子,专家很快有了回复,也解开了我心中的疑团。

其实,我们都曲解了皮皮的撒尿行为。皮皮的这种行为与它的如厕习惯没有关系,问题出现在我那位同学身上。由于她以前严厉地纠正过皮皮,导致皮皮十分怕她。狗在面对令它恐惧的事物时,会尽可能地让自己看起来渺小和卑微,低伏在地板上或背贴在地上打滚,都表明了它的屈服和顺从。那撒尿是怎么回事呢?专家解释说,撒尿是小狗在"劲敌"面前俯首帖耳的表现,它在向她表明:"你吓到我了,你瞧我不会对你有威胁的。" 我错怪了皮皮,只因为我不能理解它的行为语言。

当狗狗知道在你面前它的地位很低时,它会四脚朝天,露出肚皮,使自己整个处于不利的位置,这表明它完全接受你对它命运的处置。

后来，我发现皮皮学会上厕所后，竟然有的时候还在其他地方故意搞破坏。自从有了皮皮，我养成了每天带皮皮出去散步的习惯，可是有一次由于自己接了一个新的选题，突然变得忙起来，便一连两天都没有带它出去。它开始变得不守规矩，竟然把尿撒在客厅里，还将我的靠垫盖在上面。可是当我不在家的时候，它却可以准确无误地完成。这说明什么问题，说明它是成心捣乱，抗议我对它的冷落，想借此引起我的注意。反正我不在家的时候没人理它，所以也就索性正确吧。当我为它所犯下的错误蹲在地上擦地时，它却似乎很开心，不断地跑来跑去，尾巴还不停地晃动着，它一定为自己的得逞而开心呢。

后来发现，每当我忽视了它，没有和它一起玩耍，它便开始随地撒尿，大概这就是它有效地表达情绪的方式吧。

## 怎样才能让狗狗知道去哪里排泄？

★ 小狗的新陈代谢快，消化系统和排泄系统发育还不完全，不会像大狗一样早晚各排泄一次，而是一天数次。排便

时间主要集中在睡觉以前、刚刚睡醒和吃饭以后。

★ 主人了解狗狗什么时间排便是非常重要的。当它在屋内慢慢地走,并用鼻子闻地板时,表示要小便;前脚放在一个地方,后脚打圈,表示要大便。

★ 要让它知道到哪里排便,需要一个调教过程,训练必须坚持不懈、贯彻始终。如果让狗狗在室内大小便,最好的地点是卫生间的下水道口,这有利卫生和事后的处理。当它在适当的地方排泄时,应给予称赞。

★ 当它慢慢长大时,应该训练它耐心地等候到室外再排便。

## 8. 它的寂寞我不懂

时间过得真快,转眼间皮皮已经来了三个多月了。与它给我惹出的麻烦相比,它带给我更多的是欢乐。

每当我洗衣服的时候,皮皮便趴在我的脚上,并用头枕着我的脚面,搞得我动也不能动,所以我常常要"呵斥"它两句,它就把头转过去,趴在离我几步远的地上。当我再喊它的时候,它却赌气不理我,自尊心还挺强。再喊它几遍,它才转过头来看看我,于是我"好言相劝",它才乖乖地过来,又趴在我脚上。

我在家的时候,即使不和它玩耍,它也会很乖地趴在我的脚边。我看电视的时候,它靠着沙发的一角趴着,时而看看我,时而看看屏幕,看见我聚精会神地看电视,它不停地打着哈欠。据说狗打哈欠的原因与人很相似,一方面是给大脑输送氧气,起到提神的作用,另一方面就是感觉无聊的时候也会不停地打哈欠。它瞧了一会儿,见我没有要与它玩耍的意思,它的眼睛开始变得迷离,不一会儿眼睛就完全闭了起来。因为十分搞笑的电视节目,我会突然一阵乱笑,抑或是用脚碰倒了茶几上的水杯而尖叫一声，皮皮则脑袋猛然抬起，同时耳朵也竖起，在还没明白发生了什么事情时，便汪汪地叫两声，然后迅速地跑到我身边。看到它一连串的动作和被吓到的样子，我更觉得好笑，于是抱着莫名其妙的皮皮狂笑不止。虽然它不知道发生了什么，它却喜欢我抱着它，顺从地依偎在我怀里，此时，它是放松的、无忧无虑的、没有任何戒心的。但有的时候它也会自己玩，喜欢追着自己的尾巴团团转，有时一转就是几十分钟，有时转到摔倒在地上，喘喘气站起来又转。刚开始我还以为它的心理出现什么问题或得了什么病，在网上问了专家才明白，原来它是极度地无聊。

当小狗追着自己的尾巴转时，说明它已经觉得很无聊了，如果你不理它，让它继续团团转的话，它可能会形成为习惯，把转圈当成一种玩耍的行为，稍大之后，它可能会在团团转中失去平衡而跌伤。因此，切不可忽视小狗的打转行为或认为好玩而任其去转。

当然,皮皮也不总是十分乖巧。有时它也会强迫我和它一起玩,如果我不顺从,它便发疯似的撕咬我为它买的玩具兔兔。其实一般情况下,它都视兔兔为最好的朋友,因为晚上兔兔会陪它一起睡觉,它也会很乐意地搂着它。只有它强烈的欲望没有得到满足时,它才会撕扯兔兔,把心中的不满全部发泄到它身上。当我把兔兔拿开时,皮皮一定会尖声惊叫,我只好把兔兔还给它。为了不惯出它的毛病来,有一次我死活都不肯去理它,独自一人走进卧室,任它在客厅里折腾。当我从卧室出来时,客厅里到处飞舞着棉絮,可怜的兔兔已经被它咬得皮开肉绽了。皮皮趴在不远处,用它那特有的无辜的眼神定睛地看着面目全非的兔兔。我看出它很伤心,它已经知道自己错了,但是看着屋子被弄得乱七八糟,我禁不住唠叨着:"好了,这回看你和谁玩去,这么可爱的兔兔被你弄得不成人样(呵呵,它本来也没人样),不把它弄坏,你是不会罢休的,这回你甘心了吧?"它理也不理我,耷拉着耳朵,眼睛含着泪,它感到不安和愧疚了。

> 烦躁不安,对东西撕咬,发脾气,表示它的欲望没有得到满足。

接下来的两天,它一直不很开心,有的时候还满屋子找来找去,我知道它一定是在找兔兔。实在不忍心,便又去超市给它买了一个回来,它很开心,对着兔兔又闻又舔又亲的,随即将兔兔叼到自己的窝里,紧紧地抱着它,有种失而复得的幸福。可我并没有忘记警告它:"如果你再把它弄坏,你将永远失去它。"它是否听懂了,我不得而知,倒是后来,无论它多么烦躁不安,它再也没有对兔兔施以任何暴力。

由于担心它一个"人"在家会害怕,当我出去的时候,通常都会带上它,当然我们只能去一些狗狗可以进入的场所,我们几乎形影不离,万一我去的地方它不能去,我便把它送到隔壁的李奶奶家。李奶奶退休了,儿女都很忙,她经常是一个人,大女儿怕她孤单,于是给她送来一只京巴狗,

名字叫贝贝,比皮皮小两个月。贝贝是一个很懂事的"小女生",它常常逗奶奶开心,还常常帮奶奶干活,人们常常看到它驮着李奶奶买的菜往家走。在这个小区里,贝贝成了人人皆知的狗明星,李奶奶也整天乐得合不拢嘴。一天,一个网站的主编打电话给我,希望能和我面谈。约好了时间和地点,我急忙换衣服,在镜子前左左右右、前前后后照了几遍,生怕带了几根狗毛去。

  我带着它去敲李奶奶的门,敲了半天也没有人开。皮皮却在一边歪着脑袋,用狐疑的目光看着我。我走回家,它却不肯进屋,一直在门口站着,尾巴已经从先前的弹簧式摇动变成了漫不经心的摆动。我急得像热锅上的蚂蚁,不知如何是好。我心里进行着激烈的斗争:把约会推掉?把皮皮自己留在家里?想来想去这个约会对我很重要。皮皮独自在家不会死掉的,况且我会尽快地赶回来的,我这样安慰自己。安慰了皮皮几句,我就出门了,刚走了几步,不放心,又回去看了一眼,透过门缝,皮皮站在门边上,当它看见我时,朝我低低地叫了两声,又歪着头嗯嗯了两声,也许它以为我在和它玩捉迷藏吧。再次关上门,狠下心走了,我想皮皮一定是一直站在门口,期待我的出现。

我迟到的次数用手指就可以数得过来,这算是其中的一次。谈了些什么,我已经不记得了,只记得满脑子都是皮皮。匆匆结束了谈话,跳上出租车往家赶,我的心早已飞到家里了,没想到皮皮让我这么牵肠挂肚。

一开门,它欢天喜地地扑到我的怀里,发出呜呜的声音,我几乎感动得快哭了,那是一种强烈的被需要的感动。它伸出那长长的舌头想舔我的嘴,嘴巴我是不让它舔到的,怎么说第一次也是留给男朋友的,如果人家听说我常常和狗亲吻,以后还有谁敢吻我呢?我的下巴尽量抬高,它的舌头便舔到我的下巴、鼻子和脸上,我也顾不得换鞋脱衣服,先抱它亲个够,还让它咬咬我的手来满足它。一番激动的亲热过后,我的注意力才从它的身上转移到屋里,这一眼足可以让我晕厥过去,这种惊心动魄就如同进入了战场,我想我当时的表情一定惊讶得下巴都快

掉到地上了。

> 狗是喜欢群居的动物,不论是与人还是与它的同类。与人待在一起久了,它很容易把主人当做是它的同类。因此,当主人不在身边时,它会惊恐万分,因此会吼叫、捣乱。

设想在见到皮皮以后我晕过去的话,有三场晕戏可以上演:第一场感动得晕过去;第二场惊讶得晕过去;第三场气得晕过去。皮皮竟然有这般本事,让我轻而易举地飞上了云端而沾沾自喜,转眼间又让我重重地摔到冰窖里极速地降到冰点。

首先从客厅开始,随处可见的尿和屎不说,咖啡礼品盒的纸被它咬烂在门口;电视遥控器被甩到它的屎上;装饰用的石头被它翻了满地;沙发套也被它扯到了地上。看看卧室也是我的书房,我的打印文稿和杂志已经被它咬成碎片,散落得到处都是;书也由原来的一摞变成了一堆。卫生间里的卫生纸已经成了三丈白绫,一直拖到客厅里。厨房的垃圾桶已经底朝天了,垃圾被倾倒了一地。为了避免我和皮皮之间产生更多的误会,我曾经下决心,对于皮皮的各种怪异行为,我要搞清楚原因再定罪。然而面对皮皮今天的种种罪行,叫我如何镇静,叫我如何理性地思考。我指着满地的狼藉大声骂道:"皮皮,你简直是强盗,你给我过来。"它还没从刚才的喜悦中转过弯来,继续又蹦又跳地跑来跑去,我更气了。我一把把它拖过来,摁在地上:"看看你干的好事,你想干什么呀,你是不是还想上房啊……"我吐沫横飞地数落了一大通,估计它也是不可能听懂的,而且还会对我情绪的突然变化感到疑惑。但它已经从我的表情和声调中判断出,它犯下了大错。我一松开它,它就灰溜溜地钻进窝里,知趣地趴在那里,一副皱着眉头、耷拉着脑袋、知错就改的模样。它又开始用它那无辜的、委屈的眼神看我,我最受不了的就是这个。但是我一边扫垃圾、一边也没有忘记提醒它:问题很严重,主子很生气。

> 当狗狗低着头,翻着眼睛向上看,耷拉着尾巴摇来摇去时,表示它正在反省。

终于收拾完了,一声叹息之后,我把自己扔进沙发里。皮皮缓缓地向我走过来,坐在我面前,我面无表情地看着它,一直看着它,它被我看得心里发毛,于是嗯嗯两声,低下头,并抬起一只爪子,我似乎听见它在说:"老大,我错了。"我有气无力地拍拍腿,它就像得了什么特赦令一般,摇头摆尾地跳到我的怀里。我轻轻地抚摸它的头,它的毛柔软温顺。它抬着头,不停地看我,它的眼睛,明亮而深情,比任何人都崇拜我、仰慕我,那一刻,我觉得我就是它的上帝,它的神。

它安详地靠在我的怀里,我就是它的整个世界。我忽然开始内疚起来,其实皮皮真的很寂寞。我寂寞的时候,也会抱着它;它寂寞的时候,抱着的则是那个唯一的玩具——兔兔;我忙的时候,它等待着;我闲的时候,它陪伴着;我烦的时候,它却给我安慰;它除了吃、睡,就是巴结我,它这一生就为了我而活着,所以可怜的皮皮要比我寂寞得多。后来每当我参加朋友的聚会时都尽量带上它,如果实在不能带它,也会提前结束约会,早早地回家,和皮皮待在一起。

虽然这次是个特殊情况,但是我毕竟要出门,可能还会把它单独留在家里。当它独自在家时,它能够老老实实吗?它能够不造反吗?咨询了宠物店的老板,教了我几招,还算灵验。首先,买来一个窝头塔,将皮皮爱吃的东西放到里面,出门时,将窝头塔给它,因为窝头塔的口很小,它会拼命地舔食里面的食物,也就忘记造反了。在主人离开家之后的半个小时里,狗狗感觉是最寂寞的。我为它准备了很多可供它玩耍和啃咬的东西,有时还把录音机开着,以便我离开的时候,它仍然可以听到我的声音。

以后出门时,即使李奶奶在家,我也不会把皮皮送过去了。有的时候,我甚至是有计划地离开一会儿,希望它慢慢地适应和克服孤独,以便我离开较长的时间,它也可以忍受孤独。皮皮果然不负我望,很快便适应了。每当我进门时,呼唤它的名字,它总是欢快地向我扑来,看看家中一切

都照旧,我会热烈地拥抱和亲吻它,还会有奖励。

每当我回来之后都会发现,我的两双拖鞋都被它叼在一起,而且已经被它压得扁扁的,我想它一定是趴在拖鞋上等我回来。*它嗅着我的气味,感受我的存在,想借此来摆脱寂寞。*

所以,对于皮皮独自在家,我深感愧疚。但是后来我也发现它很明白,我什么时候会在家,什么时候会出去。每当我在家的时候,它就时刻不离开我的身边;当我要出去的时候,它就先一步坐在门口看着我走,没有任何动静。

## 为什么狗狗独自在家就会搞破坏?

★ 狗有强烈的群居欲望,有些狗无法接受形单影只。当它被单独留在家里时,往往会因害怕不速之客的侵袭而狂吠、惊慌失措、随地大小便。有些被留下的狗喜欢把主人摸过或用过的东西搜罗到一起,将主人的气味环绕起来形成一座屏障,如果东西太少不足以形成一个保护圈时,狗就会把它们咬成碎片铺开来。

★ 不要整天和你的小狗待在一起,小狗需要学习独自待着。当日常生活发生变化的时候,可能会导致你与它"分离"的相关问题。开始让狗独自在家,最好给它准备足够的玩具、食物,还要把电视机打开。

★ 经常让小狗独自待10分钟以上,直到它安静以后再回到它身边。10分钟的经常性独处基础训练,将帮助你的小狗习惯你不在它身边。这会使它养成只要保持安静,你就会回来的习惯。

## 9. 龇牙咧嘴地"笑"

许多时候,皮皮会黏着我,四脚朝天地谄媚,甚至像《蜡笔小新》中的小白一样"眯起眼、张开嘴、露出42颗又白又长的牙齿"朝你笑。笑?当然是笑,它的确可以"龇牙咧嘴"地笑。开始我也曾怀疑,一只狗怎么会笑呢?但是现在我可以和所有的人说,我的皮皮会笑。

皮皮在我的精心养育和调教下,不但身体健壮,而且热情、好动、有耐力。每当家里来人,它都第一个跑到门口,就像一个有教养的门童,站在门口迎接客人。当门开启的一刹那,它已经判断出是熟人还是陌生人,然后它会又跳又叫。鼻子皱起、上唇后缩、露出牙齿,绷紧耳根,身体弯曲,并发出鼻音。朋友们都说:"你家皮皮看起来太凶了,好像随时都有可能咬人。"我上看下看左看右看,怎么看皮皮也不像要攻击人的样子呀。朋友们都说:"那是因为你看习惯了,你看我们家的狗狗就不这样。"还有的人劝我说:"皮皮具有危险性,你还是让它安乐死好了,省得给你找麻烦。"这真让我吃惊不小,皮皮是一只温顺的狗,怎么会去

攻击别人呢？说这话时，我的底气显然不足。因为对于狗的了解，我还只是停留在初级阶段。

几天里，我没有干任何事情，心情十分沮丧。电视开着，可我的目光却停留在皮皮身上。电脑开着，可我没有一点儿写作欲望，满脑子都是"皮皮"、"咬人"、"安乐死"……不断地做出各种假设，又不断地否定。皮皮吃饭的时候，我看着；皮皮睡觉的时候，我看着；皮皮咬圆骨头的时候，我看着……我不停地看着它，想找出其中的原因。弄得皮皮根本不敢和我对视，皱着眉头，耷拉着脑袋，偶尔也用无辜的眼神看我，似乎在说："出什么事了，我亲爱的主人，是我犯什么错了吗？"看着它那幼稚可爱的表情，我会端起它的下巴，对它说："皮皮，你怎么可能会是一只咬人的狗呢，他们肯定搞错了。"

我甚至给所有的朋友打电话，让他们来家里坐坐，看看皮皮是什么样的反应。经过一段时间的观察，我发现每当皮皮**看到人的时候，鼻子皱起、上唇后缩、露出牙齿，龇牙咧嘴，绷紧耳根，身体弯曲，并发出鼻音，但目光却是柔和的。而看到同类时，基本不会出现这样的表情。**但是当有其它的狗来抢夺它的食物或者玩具，或者它认为有些人对它不友善时，它便嘴唇上拉，嘴角向前拉，而不是像胆小的狗一样向后拉，同时目光如炬，青面獠牙，身体前倾，直视对方，它伸出舌头，一动不动，嘴里还发出低沉的隆隆的咆哮声。

我已经明显地察觉出，皮皮的这两种表情虽然有共同的地方，但是它们所要表达的情感是绝对不同的。后一种任何人都可以肯定，*它露出牙齿，是在显示它战斗的武器，用狰狞的面目是在警告对方，"如果你再前进一步，我就会对你不客气。"* 狗的这种表情几乎人人都清楚，那么前一种到底是什么呢？真希望自己能拥有一个所罗门王的指环。

以前曾经听过一个关于所罗门王指环的故事：所罗门是中世纪的一个国王，传说他有一个指环，谁戴上这个指环，就能听得懂各种动物的语言。所罗门王戴上这个指环以后，听懂了很多野兽的语言，他也听懂了鸟的语言。他听见了鸟说在他999个王妃中有一个爱上了一个年轻的小伙子，他非常生气。所罗门王就把这个指环扔了，嫌它太扰乱他的心。那时就曾幻想着自己能够拥有一个那样的指环，可

以听懂各种动物的语言,并与它们说话,与它们交朋友。

我很嫉妒邻居的一家人,他们全都懂得狗的语言,也能让狗明白他们所说的话。我抚摸着皮皮那对毛茸茸的长耳朵,心里直纳闷,为什么我偏偏没有这种语言天分呢?但这并不表示我无法了解皮皮试图告诉我的任何事情。每当它摇尾巴时,我就知道它很高兴;而当它把尾巴藏在腹部底下时,我就知道它感觉很糟。有时皮皮会用意想不到的方式告诉我它想要什么。有一次,它小心翼翼地将它的水盆推过厨房的地面,直到撞到我的脚为止,它是想告诉我,它口渴了,而盆里没有水。大部分的时候,尤其当它与其它狗的表现不同时,我无法了解它在说什么。

一只狗龇牙咧嘴,总该不会是笑吧?还没听说过狗会笑的呢,本来它的嘴已经咧得够大了,怎么还会笑呢?之后的一段时间里,每当家里来人的时候,皮皮依旧对人家龇牙咧嘴,但它并没有给我带来朋友们预言的那种的"麻烦",我们像往常一样平静地生活着。

直到有一天,我在一本《科学》杂志上看到这样一个题

目——《动物会笑比人还早》。我迅速地找到那一页，我急切地想知道，到底狗会不会笑呢？文章中说，笑和快乐并不是人类的专利，其它动物不仅也会笑，而且会笑的历史比人类悠久得多。作者一直在研究老鼠，他发现，老鼠喜欢玩，而且常常会发出一种最原始的笑声。真的吗？这是真的吗？这太让我震惊了。文章中还说，如果老鼠在玩的时候被搔到痒处，它们会很容易发出独特的笑声（当然不会是人类那种哈哈大笑）。如果研究人员经常挑逗老鼠，那么老鼠就容易形成条件反射，只要轻轻一逗它，它就会发出笑声。有些老鼠甚至还没被挠痒，只是看到要挠它痒的人的手就会开始笑。这真是太有意思了！作者还列举了一些喜欢笑的动物，其中包括黑猩猩、乌贼，还有人们熟悉的牛、鸟、狗，都是已经过证实了的，与人类一样也喜欢笑。狗笑的时候，表现为鼻上堆满皱纹，上唇拉开，露出牙齿，眼睛微闭，目光温柔，耳朵向后伸，轻轻地张开嘴巴，鼻内发出哼哼声，身体柔和地扭曲，全身的皮毛平滑没有竖起，尾巴轻摆。

看完这篇文章，我整个人都兴奋了起来，我马上把皮

皮叫过来,捧着它的头欢呼着:"皮皮,你太棒了,你会笑啦!"皮皮被我的开心感染着,尾巴不停地敲打着地板,而且还想吻我的嘴。

> 狗在玩耍时会发出等同于人类笑声的声音。这种声音"带着气息声以及厚重的吐气声",音调也比普通的狗的喘气声高,听起来就像"嘻嘻嘻",只不过元音极不明显。

之后的几天,我向身边所有的人都报告了皮皮会笑的消息,我不厌其烦地一遍一遍地重复着,和祥林嫂一样。我的那些朋友的耳朵一定是听得起茧子了,他们没有说,但他们的不耐烦告诉了我。我可不管,我为皮皮的笑感到自豪,每当我对着话筒提到皮皮两个字时,趴在我脚边的皮皮都会抬起头来看看我,并高高地扬起头,尾巴有节奏地敲打着地板,有一个字形容它的样子绝对不过分,那就是"帅",如果还可以再加上两个字的话,那一定是"帅呆了"。

**皮皮**这样一个龇牙咧嘴的笑,竟然被很多人误解为侵犯,这都是因为我们不了解它们的语言,而这种不了解,却差一点儿就给它带来厄运。以后,我常常看到皮皮的笑容。尤其是当我开心的时候,它同样也很开心,原来人和狗的快乐也都是可以互相传染的。

> 当狗与相识的人打招呼时或遭到训斥时就会露出这种"龇牙咧嘴的笑",而通常这种笑只是冲着人类来的,对其它狗则不会这样,而且这种嗜好似乎是遗传来的。但是狗碰到有趣的事倒是没法笑出来。

皮皮很有灵性,连表情也很丰富。我还发现皮皮会用眼睛瞪人呢。有的时候,我会趁它睡觉的时候用手指把它戳醒。它一副很不爽的样子,用它的"手"来拨掉我的手,然后我继续玩它,它就一直在那一动不动地瞪我,样子好笑极了。

说真的,皮皮真的是一只感情非常丰富的狗狗,无论

它高兴或悲伤时,都会用身体或声音来告诉我。而我却常常体会不到它那颗敏感的心,它只能默默地依偎在我的脚旁。而当我用心观察时,每次都会有惊讶的发现,惊讶过后一声长叹:它真聪明,什么都懂,只是不会说话而已!

## 10. 眼泪不是人的专利

北京的这个冬天来得格外早,还没有到给暖气的时候,房间里格外地冷。我蜷缩在被窝里,可是双手依旧僵硬而冰冷。皮皮也蜷缩在自己的窝里,眼睛微眯着,当它听到我叫它名字时,它的头马上抬起,目不转睛地看着我。我拍拍腿上的被子,它便以一个鲤鱼跳龙门的优美姿势跳到我的怀里。我轻轻地抚摸它的身体,它的毛柔软温顺,它的身体好温暖。我把冰冷的手指插入它的毛里,我吸收着它的热量,好像天山童姥的吸形大法。然后我的手指就开始温暖而灵活。

皮皮有个软肋,就是不能说"剪指甲",一听到这三个字,无论它在什么地方或者有多高兴,就立刻收敛起笑容,往可以钻的任何地方钻去,任我怎么叫它,都不会理我。其实,自从我知道它有这种反应以后,打算给它剪指甲时,我也不会提这三个字,而是趁它在沙发上懒懒地躺着的时候,便一把抓住它的小短腿,拿出事先准备好的剪刀开剪。刚开始它会带着一副无辜的表情挣扎,看实在拗不过我,就只好乖乖地让我剪了。这会儿我只想逗逗它,结果它又钻到沙发后面去了,直到我喊了一声:"出去玩喽!"它便以迅雷不及掩耳之势摇头晃尾地跑到我的脚边,露出讨好我的样子。

> 室内养的狗狗,指甲很容易长长,若不经常修剪,弯曲后会嵌入皮内,导致局部组织红肿、发炎、疼痛,从而造成其后脚跟向两侧移开,形成不良姿态。并且狗的长指甲会抓伤别人,拉破衣物。

初冬的晚上,我走在街上,阵阵冷风吹来,感到丝丝寒意。估计很多人都怕冷,不带狗狗出来遛了,街上已经没有

了以前喧闹的景象。皮皮一会儿跑到前面,一会儿又跑回来,发现感兴趣的东西时,就停下来闻上好半天,当我距离它远一些的时候,它会迅速地追赶上来。不知不觉我们走到一个工地附近,突然我听到一声凄厉的狗的尖叫声。于是我冲了过去,皮皮冲得比我还快,我发现一只小母狗被带刺的铁丝网缠住了,它一定是挣扎了很久,然而它的挣扎不但没有让铁丝网松开,反而让铁丝深深地扎进了它的侧身、背部和腹部。我脱下外套盖住它,以便于制止它挣扎时不至于划伤自己。皮皮冲小狗叫了两声之后,前前后后侦察了一下,似乎明白发生了什么事情,便一声不吭地在周围打转转。就在这时,一位留在工地上的师傅走了过来,看到这种情形,便取了剪刀和钳子过来。我抓住小狗,师傅开始剪掉狗狗周围的铁丝。我不停地安慰狗狗,当我看它的脸庞时,那只深邃的大眼睛,泪水蜿蜒地滑过它的脸颊,这和狗平时流眼泪是不一样的,我确信那的的确确是哀伤的泪水。我明白它正经受着极大的痛苦,此时它正在哭泣,就如同一个受伤的小孩。

> 由于狗狗的眼睛跟鼻子间有一条泪管,一但阻塞了,泪水就会从眼睛流出来,可以请兽医帮它通鼻泪管。不过,小型犬的泪管本来就比较小,通过之后还是会再次阻塞。如果通过之后再次阻塞了,只有勤擦眼泪了。

我马上送它去宠物医院,皮皮则乖乖地跟在后面。一路上,我听到小狗狗在我怀里如泣如诉的呜咽声,我不断地安慰它,我们就快要到医院了。虽然一路小跑,但赶到宠物医院时,医生还是下班了。我只好将它带回家,简单地为它包扎了伤口,把它放到垫子上。它的头垂着,两眼无光。皮皮偶尔跑过来看一看、闻一闻,我怕皮皮闻到血腥味会对小狗狗不利,便一直守在那里。那个夜晚真漫长,好不容易捱到了早晨,我便匆匆忙忙地给皮皮一些狗粮,就抱着小狗狗赶到了宠物医院。

医生仔细地检查了一下,又问了我一些问题,然后对我

说，狗狗伤得太重了，还有两根铁丝扎在它身体里，即使取出来，恐怕也活不成了。当我回头看躺在台上奄奄一息的狗狗时，我再一次看到泪水沿着它的鼻子滑下来。当时我毫不怀疑，它一定是在哭泣。而我也知道，同样的泪水也滑过我的脸庞。几个小时之后，它的生命走到了尽头。

当我拖着疲倦的身子回到家时，皮皮已经在门口守候了。它向我身后望了望，转而扑上来，不停地向我摇尾巴。我没有心情理它，我的心思依然在那只死去的狗狗身上。皮皮跳到我身上，我抱着它，并告诉它，那只狗狗死了，它打量着我的脸，然后把下巴放在我的手臂上。

晚上突然想起，那只狗是否有主人呢？如果有的话，他在哪？主人是不是不小心把狗狗丢掉了呢？那主人一定很着急吧？想到这里，我一个鲤鱼打挺，翻身下床。把那只狗狗的相貌特征写在纸上，并注明了我的电话，希望狗狗的主人与我联系。

招领启示一贴出去，我的电话便响个不停。但没有一个是狗狗的主人，多数是一些热心的人想问问狗的情况，还有一些人是想领养的。知道这么多人关心动物,我真的很开心,并耐心地向他们解释。每当听到我说,那只狗狗已经死了,电话那头传来的都是:"啊？？？死了？？？太可惜了。"我可以想象出他们的惊讶和失望。

后来每当和别人谈起那只狗时,我都会描述它的哭泣。他们当中有些人会说:"我从来没有看过一只会哭泣的狗,你真幸运。"我甚至有些愤然地告诉他们:"不,这不是幸运,这是不幸。"其实,我宁愿一辈子都不碰到这样的"幸运",我更希望人们都爱护和保护身边的动物,永远看不到它们哭泣的双眼。

## 11. 猫来了，狗怎么办

　　我有一个朋友，他养了一只猫，猫是他原来的女友带来的，叫小白，分手时，除了小白，女友什么也没给他留下。他经常加班，没有时间照顾小白，常常随便买点猫粮给它就不管了。他知道小白不喜欢吃那种猫粮，但他也不知道它究竟喜欢吃什么（连自己的晚餐都不知道去哪里解决的人，怎么可能在意猫喜欢吃什么呢？）。他偶尔也和朋友一起喝酒，不能准时回家。小白因此经常饿得两眼发花。后来，小白只要听到钥匙转动的声音，就发狂地抓门，待他进门后，扑上来死死地咬住他的裤腿儿，把他拖到盘子边。有一次，他慷慨地把一袋子猫粮都给小白享用了，到了半夜，他听到小白在床底下打嗝，一直打到天亮。他太不关心小白了，也从不陪它玩耍，小白常常咬他以示抗议，尤其是当他坐在电脑前工作的时候。猫咬人？猫挠人是无人不知的，猫咬人还是第一次听说，估计小白也受够了，快被主人的不理不睬给搞疯了。

　　一天，朋友抱着小白来找我。门开的那一瞬间，皮皮对

着小白狂吠不止。小白也被吓坏了,死死地抓住我朋友的衣服,试图爬到他的肩膀上,还把我朋友的脖子给抓红了两道。我怒喝了皮皮两句,它很听话,乖乖地回到窝里。有谁看到过一个大男人,抱着一只猫,满脸写着"救命"的样子吗?那样子让我觉得十分好笑,但又不得不表现出礼貌的样子。

"出什么事了吗,你不会是喜欢抱着猫到别人家串门吧?"我问道。

一阵寒暄过后才弄明白,原来朋友的公司把他调到广州去工作了,到那边他要住集体宿舍,所以不能带着小白过去。

"你不会是想把小白留给我吧?"

"你真聪明,一猜就中。"

"什么一猜就中,又不是买彩票!"

"本来我在北京就没什么朋友,想来想去,就只有你最合适了。"

"先暂停一下,你要么不来,一来就给我这么大的'惊喜',先让我把思路理清楚。你的意思是,你以后可能不回来了,要把小白永远放到我这里了,是吗?"

"对!"他没有丝毫的犹豫。

"对什么对呀,你看我这里,啊,那个啥……"我看了一眼皮皮,皮皮还在用它那不大不小的眼睛死死地盯着小白,小白也时刻警惕着。"不是我不想帮你,你看我现在有皮皮了,猫和狗怎么能生活在一起呢?"

"我在网上看了,都说猫和狗可以和平共处。"他一字一板地说。

"啊??? 看来你对今天的谈判早就有所准备呀?"我惊讶的不是他的话,只是这话从他嘴里说出来就不同凡响了。据我所知,他可是很少关注小白的,关注其它动物就更没有可能了。

他果然是有备而来的,给我讲了好多猫和狗的故事,还大谈特谈什么爱心啊,什么"救猫一命,胜造七级浮屠"啊。讲到最后,甚至让我觉得,如果我不收留小白,我就是罪孽深重,和我抛弃了它没什么两样。我大喊:"服了,I 服

了YOU,小白我留下了。"我就在朋友吐沫横飞的"谆谆"教导下举了白旗——因为上天有好生之德嘛!

小白全身上下都是雪白的毛,这也是在我给它洗了澡以后才发现的,我一直以为它是一只灰猫呢。给小白洗澡时,皮皮总是时不时地跑过来,歪着脑袋瞧呀瞧的,还不断地狂吠两声。

对于小白,我可真是下了一番心思帮它调养,买最好的猫粮和罐头、健力素、美肤多、营养片,当然,猫爬架、猫薄荷、猫沙也不能少。家里一下子就热闹了许多。我经常抱着它,抚摸着它雪白的绒毛,它便发出"呼噜呼噜"的声音,很惬意的样子。但是从来没有出现朋友所说的"咬人"事件,因此我可以更加肯定,咬人行为是它对从前所受怠慢的强烈而无声的抗议。

猫爬架可供猫平时跳上跳下嬉戏,需要时猫咪也可以到顶层藏身。为它准备这种用品,等于给了它一个临时脱逃的安全岛。

我很担心皮皮会伤害小白,便将皮皮锁住,不让它乱跑。而小白则常常会跳到猫爬架上面，微微地抬着眼皮，看着皮皮抓耳挠腮地叫着。每当它们在地上相遇时，小白会全身收缩，做出防备的姿势。为了避免与皮皮相遇，小白总是栖息在沙发及书架等离地面颇高的地方，让皮皮够不着它，但它最喜欢的就是梳妆台。小白很爱臭美，晚饭后是它集中照镜子的时间，它会默默地坐在梳妆台上，专注地盯着镜中的自己，欣赏自己的美丽。看够了便"嘣"的一声跳下来挑衅皮皮，似乎为自己的美貌没人懂得欣赏而颇为愤愤不平。

> 猫咪习惯从高处俯视脚下的世界，当它们感到不安时，通常也会往高处躲藏，所以在将猫咪带进家里之前，最好先确定猫咪有适当的地方可躲。

在经过了绝食、恐吓等一系列反抗之后，皮皮明白了它终将无法摆脱这个看起来怪里怪气的家伙。于是便很快接受了命运的安排，对小白的态度也发生了180度的转变，由

恐吓的"咕噜"声变为温柔的哼哼声,"识时务者为俊杰"是皮皮的处事哲学。**为了让它们和睦地生活在一起,我为小白准备玩具时,也没有忘记为皮皮准备玩具。**怕皮皮的嫉妒心作怪,我增加了对皮皮的抚摸次数,尤其是当小白出现在跟前,皮皮又表现得很友好时,我会奖励皮皮一根巧克力冰棍儿,让它意识到,小白的出现将增加我对它的关心。

但是,接踵而来发生了一连串的严重的误会。皮皮伸出了一只前爪并使劲地摇动尾巴,邀请小白"一起玩",而小白却一副冷冰冰的神态,皮皮越是使劲摇尾巴,小白就越生气,猛扇皮皮的脸,充满了戒备心。过了一会儿,小白消除了戒心,想主动找皮皮玩一玩,发出"呼噜呼噜"的声音,尾巴也高高地翘起。而此时的皮皮却身子下沉,做出了前冲的姿势。好在我及时发现,才避免了一场争斗。

记得我曾经在一篇文章中看到,科学家已经解开了猫狗不合的秘密。这个秘密就是,它们的"秘密语言"不同。因此我完全可以用其中的观点来解释它们的对抗行为了。**伸出狗爪的动作并非是向人摇尾乞怜的举动,而是狗**

**的一种与生俱来的语言,它的含意是"给我一点儿吃的"或"跟我一起玩玩吧"。** 可在猫的语言中,它的含意就恰恰相反,伸出爪子摇动尾巴的意思是:"滚开!要不我就用爪子抓你!"猫开心和舒服的时候,就会发出"呼噜呼噜"的声音,竖起尾巴,表明它在示好,而对于狗来说,这却是一种威胁性的、充满敌意的狺狺声,相当于"别来惹我,否则我就咬你"。尽管它们都有着友好相处的良好愿望,却由于语言的隔阂,一切努力都落空了。如果它们都能弄懂彼此的语言该多好,那样它们就可以更好地沟通,融洽地生活在一起了。

> 狗有狗话,猫有猫语,同样的姿势和信号对狗和猫都代表完全相反的意义。

为了让它们快点熟悉起来,我希望它们都能掌握一门"外语",通过相互了解来消除纷争。我安排在同一时间给它们喂食,不同的是,皮皮在地上吃,小白在台子上吃,它们

总会偶尔停下来瞧瞧对方,然后又低头狼吞虎咽起来。小白来了已经有半个月了,皮皮看见小白时,已经不再咆哮,只是默默地看着小白,小白也只是默默地看着皮皮走开。

对于猫和狗来说,我都是很喜欢的,我从不偏向哪一方。当它们真的扭打在一起时,我会用十分明确的态度呵斥它们,同时发出"安静"、"一边待着去"、"不许暴力"等指令。可我渐渐地发现,它们的扭打越来越类似于玩耍,而且皮皮从来不咬小白,倒是小白偶尔会抓破皮皮的脸。皮皮显得很绅士的样子,从不计较,也不会报复。我想它们的这种打闹也许会增加彼此之间的了解呢,因此它们如果闹得不是很凶,我是不会轻易出面干涉的。

虽然皮皮常常被小白拍倒在地,但是皮皮总是不屈不挠,一直喜欢追着小白打闹,好在两个小家伙从来不出重手,只是闹着玩而已。一天,两个小家伙照样在客厅里打闹,我在卧室写我的东东,突然听到小白一声接一声地惨叫,我心里纳闷,皮皮怎么把小白给打了,一直以来都是小白占上风的。我急忙从卧室冲出去,只见小白蹲在门后惨叫,皮皮正在用鼻子拱门,原来是皮皮和小白打闹的过程中,小白坐在门后,无意中大尾巴从门缝里伸了出去,皮皮便用鼻子顶门,正好夹住那条倒霉的大尾巴。我走过去把门往另一方向推,小白才被解救出来,一溜烟钻到床下,直到晚饭时才肯出来。我开始教育皮皮,告诉它推门去夹小白的尾巴是不对的,可皮皮却摇着它那条不算长的小尾巴,一副不以为然的模样。

又过了一段时间,它们彼此已经很了解了,它们便完全容纳了对方。它们常常安静地、互相添着对方的毛。渐渐地便同碗而食,同窝而睡了。有的时候,小白会把下巴搭在皮皮的鼻尖上,而皮皮满眼温柔地、痴痴地看着小白,就像是一对恋人,让人嫉妒。有的时候,小白也喜欢在皮皮的头顶上擦一擦,好像在说:"我对你很信任,我喜欢你,快来和我玩吧。"但皮皮却不能完全理解小白的行为,反而趁机闻闻小白的头,来确认这的确是它熟悉的朋友,并且试图判断出什么人摸过它,在什么地方摸的。小白更多的时候则像个小女孩,很任性,而皮皮总是依着它的性子来,什么事都让着它。有时小白还小鸟依人般依偎在皮皮的肩膀上"喵……喵……"地叫着。这时的皮皮没

有一点儿架子,甚至自己的地位比小白低,它也不介意。这在世人眼里是不可思议的,而事情的的确确就这样发生了。

有时候看到它们相偎在一起睡觉,真觉得心里暖洋洋的。皮皮和小白能够愉快地生活在同一屋檐下,并成为相互关爱的好伴侣,这也是我的幸福呀。

# 第4章 极强的等级观念

狗是具有群体意识的动物，在它们的生活群体中有很强的等级之分，而当它们和我们生活在一起时，这种等级观念同样左右着它们的活动。如果我们不能成为狗的主人，那么狗将反过来成为我们的主人。因此，我们允许狗与我们分享生活，但绝不能允许它成为我们的主人，总不能让先人一万多年的驯化成果在我们的手上毁于一旦吧！

## 12. 搞定陌生狗

我越来越离不开我的皮皮了，进门时我呼唤它的名字，看到它欢快地向我扑来，我沉浸在幸福和感动里，因为有这样一个生命在期待着我的归来。每当我到衣柜里拿衣服时，它会立刻蹲到门口，然后以一种异常忧郁的眼神望着我。我如果心一软，放弃我原来的计划带它上街，它便马上欢呼雀跃起来，眼神中充满着兴奋和激动。

如果到了该和它玩耍的时间，我还有东东没有写完，皮皮便蹲在一边一直看我，要我抱，我把它放在腿上，继续我的工作。摸摸它，它抬起脑袋望着我。它的身体小而温暖，它完全属于我。把它放在地上，它侧着睡，两爪并拢，满足而惬意。我喜欢看它这个样子，胜过任何一种表情。

虽然皮皮很依赖我，和我在一起很开心，但是我知道其实它更喜欢和同类在一起。和我在一起，它要不断地讨好我、乞求我，而在同类面前，它却可以表现出自己很强大，更能获得安全感和亲密感。我希望它有更多的社交，据说狗是非常喜欢社交的动物。听动物专家说过，*狗狗是需*

**要社交的**，**社会化对狗狗很重要，狗狗经过社会化会比较有教养，也会比较有自信！让狗狗在每一个不同的环境或处境里感到自在，让它的每一个不同的经验都是良好的经验。** 这会帮助狗狗了解，当它面对新朋友的时候，它不需要害怕，所以它不会产生负面的反应。我就曾经看到有些狗的主人担心自己的爱犬遭受到攻击，就不让自己的狗跟其它的狗接触，也有的主人自认为自己的狗是纯种、高贵，无视爱犬想玩的心情，不准其它的狗靠近，可怜的狗狗没有玩伴，狗的世界也因此变得狭小，而且狗也变得很神经质。

> 社会化就是让狗狗随时都很镇定、放松和有自信地面对所有状况，而不会有过度兴奋、精神紧张和好动的倾向。

为了让皮皮永远都喜欢接触新的东东，每天的散步便成了持续进行的功课，因为除了散步，我想不出还有什么更好的社交机会了。

现在皮皮已经知道如何与陌生狗打交道了。但是它刚来时第一次碰到陌生狗时的情景,至今让我记忆犹新。

晚饭后,我抱着皮皮到楼下,让它熟悉一下周围的环境,也认识一下周围的"朋友"。皮皮在我的怀里东瞧瞧西看看,好奇地看着周围的一切。当我把它放在地上时,它发出"嗯~嗯~"的叫声,像婴儿在啼哭,我想它一定是害怕了。我不停地将它抱起,又放下,这样重复了几次,它似乎感觉好些了。当我再次将它放到地上时,不知从什么地方跑来一只比皮皮大很多的狗,跑到皮皮身边,我着实捏了一把汗,我担心那只狗会伤害皮皮。那只狗的主人不停地叫:"憨憨,不许欺负小狗狗,与小狗狗打个招呼。"再看那只"憨憨",的确是一副憨厚老实的样子,它不停地嗅着皮皮。而皮皮站在那里,一动不动,它的耳朵向后耷拉着,身体微微地颤栗,全身的毛发都直立着,尾巴下垂并夹在两腿之间,我明显地体会到了它的恐惧。

> 为了扩展生活领域,当不认识的狗彼此相遇时,打招呼的社交方式是从互相闻肛门开始。因为狗的肛门两侧有围肛腺,从那里会散发出最强烈的个体特有的味道。

那只"憨憨"显然是一只有教养的狗狗,它不停地与皮皮亲昵着。看到这样的情形,我并不急于将皮皮抱起,这是它第一次接触陌生狗,我希望它能用自己的语言与它交流。过了一会儿,也许皮皮认为没有太大的危险了,显然放松了很多,全身的毛毛变得顺从,尾巴也平顺下垂,并开始小心翼翼地回应"憨憨"。当主人把"憨憨"带走以后,皮皮仍然愣在那里,朝着他们走的方向张望着,仿佛心有余悸,又好像依依不舍,究竟是什么,我也不清楚。

有些狗天生就害怕其它狗。纠正这类狗的胆小时,不能强迫它去接近其它狗,而是通过适当地调教加以纠正。即当狗接近或有接近其它狗的欲望时,应给予鼓励并给予

爱抚和食物奖励,从而使这种行为逐步得到强化;多次以后,狗就不再害怕其它狗了。

每天我带皮皮去散步的时候,会碰到各种各样的狗狗。在外形上,它们有的比皮皮大,有的比皮皮小。在皮皮朝着陌生狗跑过去、近距离接触之前,总要观察一阵,它一定是在掂量对方的分量。

一次,一只很大的狼狗突然出现在皮皮面前,它是第一次碰到这么大的同类,我也着实地被吓了一跳。只见皮皮很快就表现出一副谦恭的模样,它抬起一只前爪,伸出舌头,露出肚皮,让自己看起来微不足道,并匍匐着爬向大狗,伸出舌头舔大狗的脚。那惧怕的眼神、那奴颜媚骨的狗样,真是一副奴才相!我虽然对于它这种卑微的表现很不满意,但是这也不能怪它,这是它在本能地保护自己。

**当皮皮碰到比自己体形小,或和自己差不多的狗狗的时候,它就会表现得异常活跃,而且总是不停地把前爪搭在别的狗狗的背上来显示自己的强大。**如果那只狗狗不愿屈服,它们便会追逐、奔跑,偶尔把其它的狗扑倒在地上,其实在玩耍中,它们也在进行着一场实力的较量。

在这样的较量之中,有的狗也会趁狗之危。当皮皮跨骑在另一只狗身上的时候,那只狗会转动着脑袋,露出牙齿,以示反抗。于是一场对抗开始了,它们交叉着前进、后退,互相咬着,当然它们并不是真的在咬,其实它们更像是在玩耍。当皮皮忙着把那只狗摁倒在地上时,一旁观战的、比皮皮要小一些的黄狗,会趁机用前爪抱住皮皮的臀部,做出准备骑上去的动作。一看那就是一只很年轻的狗狗,也许它知道自己不是这两只狗的对手,但是看它们打得正欢,便想抓住机会战胜它们。没想到鹬蚌相争,渔翁得利,在狗身上也体现得这么真切!

对于狗的这种显示地位的跨骑行为,刚开始还闹了一场大笑话:当我第一次看见皮皮骑在一只狗身上的时候,我尴尬极了,因为那只狗是"小男生",它怎么能对"小男生"干那档子事呢?我赶紧将它从那只狗的背上赶下来,一切似乎平息了。谁知道第二天带它出去,它又缠着一只狗,开始想要……本来我以为那是一只小母狗,哪知它竟然也

是"男生"。我开始怀疑,皮皮是不是同性恋啊?我开始害怕带它出去。我对皮皮说:"如果你要干那档子事,好歹你也找个母的呀!"直到有一日和朋友说起这事,她的大牙差点没笑掉。经她一解释,我才明白,原来这是狗的正常行为,一种本能,异性之间可以进行,同性之间也可以进行。我再一次脸红。哎,皮皮的世界我太不了解了。

> 有的小狗,特别是年轻的公狗,会去试图爬跨其它小狗。排除发情因素的话,爬跨通常是一种显示权威、要求对方服从的行为,所以不仅发生在异性之间,有时同性之间甚至对其它物体也会发生。小狗会借助爬跨行为来表示其在群体中的统治地位。

皮皮在外面也有没用的时候,曾经被一只金毛大狗咬得呜呜叫。因为那些狗每天都在外面一起晒太阳,早就结成了一个小帮派,皮皮根本没有办法插足,只能在圈子外面转悠,眼睁睁地看着它们在草地上撒欢,那样子就像一个被抛弃的孤儿。我觉得皮皮好可怜,为了让皮皮能交上新的伙伴,我*带它去各种不同的地方,让它有机会接触不同的人和狗,它也能在和其它狗的互动中学习相处之道。*

## 13. 谁是老大

皮皮跟我最亲热的举动就是在我的脸上用它温柔湿润的舌头做地毯式的接触,夸张一点说根本就是洗脸。如果我不让它亲热,它就会一直没完没了地缠着我。对比较熟悉的人,皮皮也会这样,不过我唯恐别人不喜欢它这样,便迅速上前将其拿下。

每个狗和人亲热的方式都不一样,我的一个朋友养着八哥犬"虎子",据朋友形容,虎子喜欢和她腻在一起,这种过分的亲热不但让她感到困扰,还让她的丈夫心里很不是滋味。我觉得很奇怪,狗和人亲热是很自然的事情,不会是她丈夫心眼太小,在吃醋吧?可是有一次我应朋友之邀,带着皮皮去做客。我亲眼目睹了虎子的"亲热"方式。

我的朋友的丈夫又高大又魁梧,是个厉害的主人,我说的厉害是指他对虎子的态度。虎子这个名字就是他给取的,他对虎子很严厉,经常用苛刻的手段强迫虎子服从命令。虎子的头又大又圆,脸上的皮堆砌在一起,形成一道道沟壑,如同戴着面具,满脸的愤世嫉俗。我的朋友说,她整天为虎子做这做那,对虎子好得不得了,虎子却从来都不听她的话,却对她表现出浓浓不绝的爱意。

到她家时,我的朋友的丈夫去上班了,我坐在一张椅子上,她坐在沙发的一角。虎子和皮皮的见面仪式结束后,虎子便坐在她旁边的地板上。虎子看起来很健壮,一身结实的肌肉。在我们交谈的过程中,虎子将前爪搭在她的腿上,而她则立即抚摸它的头。过了一会儿,虎子跳到沙发上依偎在她的身边,而她则稍稍挪开了一些,好让出位子给虎子那圆滚滚的身躯。虎子偶尔看看我,然后一直凝视着她的脸,而她则伸出手轻轻地抚摸着虎子的侧脸。接着,虎子把整个身子都压在她的身上,她又挪开一些,好摆脱虎子沉重身体的重压。而虎子马上变换姿势,又坐在她身旁,靠在她身上。这一幕在不停地上演,直到我的朋友已经挪到了沙发的另一个角落而再没有动弹的余地时,她开始有些发火:"你看它,总是这样。它把前爪搭在我的腿上,想引起我的注意,然后就是盯着我或靠在我的身上,表现出对我的依赖。如果我丈夫不在家,我连一个完整的电视节目都没办法看完,它这个样子,我丈夫看到了也很不高兴。有什么办法能让它不这么黏人呢?"

我还是第一次看到狗这个样子,我没有什么好的建议给她。后来她还告诉我,由于她家的房子是复式结构的,虎子常常在她上楼的时候挡住她的去路,还冲她吼叫,由于她不想伤它的心,所以一直忍着。奇怪的是,每当她丈夫在家时,虎子就不会这样。这真是怪狗一只!

吃过晚饭,我带着皮皮离开她家,回到我们温暖的家。哎,还是自己家里舒服,在别人家里总感觉不自在。要不人人都说,金窝银窝,不如自己家的狗窝呢。皮皮似乎和我的感觉一样,一进门就活蹦乱跳地从客厅跑到卧室,又从卧室跑到厨房,巡视了一遍看没有什么异样,它才坐在我脚

边看电视。一会儿,它把前爪搭在我腿上,我顺势将它抱到沙发上,它便靠在我身上,看着我,我眼睛盯着电视,并不去看它,过了一会儿,我明显地觉得它靠着我的力气在加大。我突然想到,皮皮似乎在学虎子那一套。我像弹簧一样从沙发上弹起,皮皮没有了我的依靠,一下子歪在沙发上。它被我的动作也吓了一跳,满脸狐疑地看着我,我怒斥道:"下去,你想干什么,跟虎子学的吧?你别想黏着我,我不吃这一套。"以前,这种情况是不曾有过的,它似乎也觉得不太合适,马上从沙发上跳了下来。我抓住它的下巴,对它说:"不许学虎子那样,我不喜欢,听见没有。"皮皮紧盯着我的眼睛,一脸的无辜。我继续看电视,皮皮歪着头看了我好一会儿,像在思考什么。也许它在想,为什么虎子可以,我却不可以呢?接着它又趴在了我脚边的垫子上。我并不知道虎子的这种行为是好还是不好,只是我不怎么喜欢。

有一次,我参加了一家宠物网站举办的"主人课堂"讲座。当老师讲到:"狗有着很强的等级观念,有的狗很聪明,特别会利用主人。比如你晚上看电视的时候坐在沙发上，它们一定会坐在你的旁边，第二天就会离你更近，第三天，它们就干脆坐在你的位置上了，你肯定会一而再、再而三地退让，最终向你的狗完全妥协。"听到这里，我的兴趣一下子提到了最高，这个实例和我那个朋友的情况太相似了，我马上竖起耳朵。"*驯犬之前，最主要的是，要在你和狗之间确立一种等级观念。你是它的头儿！*因为据最新的DNA测定，狗是由狼演化过来的，狼群中的等级观念很强，所以我们和它们的关系也是一样的。尤其是小狗，必须在它们的幼年阶段就和你确立明确的等级观念。*常常看到有人把小狗放在胸前抱着，这样小狗很容易就认为它的地位比你高。*"

> 狗是一种有行为习惯的动物，在它的观念中会认为"我曾经这样做过，以后就可以继续这样做下去"。所以，你的一次心软，都很可能让训练计划前功尽弃。

我基本明白了，原来虎子在和我的朋友争地位，而在厉害的男主人面前它却不敢造次。都说人是狗的主人，而今天看来却不完全正确，狗反过来也可能欺负人。这些狗东西，一定要给它们点颜色看看，绝不能手软，否则狗就会骑到主人的脖子上了。

这又让我想起一件事情。我的一个女朋友经常带着她5岁的女儿月月来我家串门，因为月月非常喜欢皮皮。皮皮看到月月，也欣喜若狂。我和朋友在一边聊天，一边看着皮皮和月月玩得十分开心。而皮皮总喜欢往月月的怀里扑，月月小小的身体没办法承受皮皮的扑力，便倒在地上。皮皮把月月扑倒在地了，还不甘心，还要把月月头上扎的蝴蝶结给拽下来，我怕月月会因此哭起来，便把皮皮叫开。可月月却完全不当一回事，把蝴蝶结扎好，又抱着皮皮玩。结果是皮皮每次都把月月的蝴蝶结拽下来。当时只认为皮皮和月月能够这样在一起玩耍，让人看了很欣慰。现在才知道，原来皮皮在欺负月月。

> 狗之所以敢"欺负"你，是因为你没能成为它的主人，而它却认为自己在家中的地位比你还要高，因为它们天生就懂得"地位"与"等级"。"相互需要"是人类与狗和谐生活一万多年的理由，而狗必须服从于人类是一条定律，这是人和狗共同生活的基础。所以，一定要搞清楚你与狗的位置，建立起你与它之间的正确关系。

自从知道皮皮时刻都想当老大的愿望后，我便十分注意它的行为。以前每当我们要出去的时候，皮皮总是最先跑到门前，当我一开门，它便"嗖"地溜出去，即使我站在门口，它也要从我的脚边挤过去。而现在*只要它站在门口，我就不开门，或者只开一个很小的门缝，任它如何挤，我就是不开，直到它退到我身后*。每次回来的时候也是如此，两个星期以后，它显然知道它没有了先走的特权，一改以往猴急的模样，乖乖地、很有礼貌地跟在我的身后。以前，当我在房间里来回走动时，

如果它挡着我的路,我不会和它计较,于是就绕着走,而现在我会让它闪开,如果它不动,我会用脚示意它闪开。这几招还真灵,现在皮皮已经是一只极具绅士风度的狗了。我的朋友都这么说。

再一次去朋友家里,朋友坐在地上看书,而虎子却卧在沙发上,还把头靠在朋友的肩膀上。"你怎么能允许你的狗这样。"看到这样的一幕,我觉得朋友真不幸,这算怎么回事,到底谁是谁的主人。而朋友却一点也不在意,真后悔没带着她一块去听课,这一课还是我来给她补上吧。她听了我的讲解,满脸的疑惑:"这不可能吧?这怎么可能呢?我每天喂它,带它出去玩耍,它怎么可能不把我看成主人呢?"看来她已"中毒"太深,而她丈夫却对我的说法深信不疑,在她丈夫的协助下,她开始改变这种状况。

几个月以后,我接到朋友的电话,电话那边传来的是兴奋:"我现在终于可以坐在沙发上安静地看书和看电视了,而虎子趴在我的脚边再也不打扰我了。"我真为她的这种改变感到欣慰,她已经控制了虎子的统治欲望。看来狗是不能惯的。

我闲下来的时候,皮皮就躺在地上,不停地看我,好像奴仆偷偷观察它的女王。虽说我有一颗仁爱之心,也从来没有虐待过皮皮,但是我绝不允许它骑到主人的头上作威作福,*就像我对它的宠爱不会轻易改变一样,对它的要求也不能轻易改变*。因为我知道,虽然它的外表温柔可爱,但骨子里却是个海盗。

## 狗就是狗

我们必须意识到,狗的敌对、咆哮、争抢等行为都是非常糟糕的,如果不加以控制,这些行为很可能会变本加厉,甚至成为潜在的威胁。

但也不能为了让狗服从自己而使用暴力。事实上,暴力可以起到一些作用,但是效果并不理想。当狗因为恐惧而服从你的时候,它们变得谨小慎微,对自己失去信心,所以你们之间很难建立起相互依赖的伙伴关系,它也失去了快乐的本性。

★ 在吃饭的时候,你可以先将它的食物准备好,放在

它能看得见的地方,但不给它吃。然后你可以当着它的面吃你的饭了,无论它如何抗议,都必须置之不理,绝不能妥协。当你吃完饭后,再让它用餐。这样,它就会明白,先吃东西的是头领。

★ 你在房间里走动时,让你的狗闪开,不要绕着它走。如果你的狗好斗或咬人,可以在你的前面推一个有轮子的箱子或者拖把。

★ 不要让狗先于你出入门口,如果它试图挤到你前面,你不要把门先打开。

★ 在看电视或读书时,狗把爪子搭到你身上或拱你,不要有意无意地抚摸它,别理它。狼的头领不会理睬较低级的群体成员的请求,正是这一点使它们成为领袖。

★ 在确定狗狗不会攻击你的情况下,可以让它四脚朝天地躺在地上,然后把手放在它的胸部,压制它,用严肃的眼神对它放电。这时候,爱犬会服从于你。

★ 当爱犬不服从时,最好的方法不是强制,而是对它置之不理。具体的做法就是把它限制在一个独立的空间里,不去看它,不去想它,假装它根本不存在。

# 第5章 狗"性"不改

对狗而言,旺盛的发情行为完全是自然的,然而有时也令人感到尴尬和棘手。许多主人其实也不想让狗狗生育,不给它们做绝育手术的原因是:爱它,怕手术风险,怕术后有副作用……但防护再严,一不小心就多出好几只小狗。即使有人收养它们,但谁能担保认养主人能爱它一辈子,不离不弃呢?如果我们都能给自己的狗狗实施绝育手术,完全杜绝不必要的小生命出世,就不会有这么多狗狗流浪街头了。

## 14. 完婚记

我喜欢看皮皮沐浴着天空的蓝色,在湿润的青草地上翻滚,一身微卷的狗毛沾满了欢乐的气息。

我的臂弯是它的枕垫,在我的抚抱下,它心醉地闭上双眼酣眠。我抚摸着皮皮,它肩宽腰细,身材颀长。它的一根根肋骨在我的手指下面滑过,柔软而坚韧。

我的手刚放在它的头上,它的头立刻靠在我的腿上。它深情地望着我,长长的睫毛上还挂着眼屎,引起我心中的无限柔情。它奋力地跳出它的箱子,动作优美而有力,可以看出它的肌肉健壮发达。这时我才意识到它已经是一只成年狗了。我应该考虑给它找个"女朋友"了,我不想它孤独一生。

我曾在一家小饭馆里看到过一只狗,叫仔仔。我每次去吃饭的时候,都看见仔仔趴在一张桌子下面。它十分忠于它的主人,任何人逗弄它,它最多懒懒地看一眼。只要一听见主人的呼唤,它立刻两眼放光,精神抖擞。据它的主人说,它已经10岁了,从来没交过"女朋友"。听到这里我就想,多么孤独的狗!

我希望皮皮一生中至少要"恋爱"一次,哪怕是短暂的"爱情",至少它拥有过。在它的生命中有那么一只母狗,也可以让它常常记起,成为它永久的甜蜜回忆。

又一个春暖花开的季节,我开始为皮皮找"女朋友"。

我频繁地带它出入有众多狗出现的草地,每当它钻进绿地时,专心地到处嗅着,是希望闻到异性的气味么?那天, 一只白色的扎蝴蝶结的小西施狗站在它面前,可它毫无感觉,难道它有什么问题吗,为什么对一只美丽的小母狗会兴趣全无呢?皮皮若无其事地继续它的寻觅之旅,它到底在找什么? 找贝贝吗?路过贝贝家时,它很眷恋的样子。

皮皮的眼前突然一亮,贝贝正在远处散步,贝贝依然那么美丽迷人。年轻气盛的皮皮毫不犹豫地跑了过去,对它一见钟情的"漂亮妹妹"打了个招呼。它竭尽全力地摇着尾巴,用鼻子上嗅下嗅左嗅右嗅,可贝贝连尾巴也不抬一下,高傲地抬着头连看都不看它一眼,径直从它身边跑了过去。

皮皮一点也不灰心,随后展开穷追不舍的"爱情攻势"。可是任皮皮怎样诚心诚意地左追右堵,贝贝就是不肯拿正眼看它一次,高傲得像一位公主。看到这样的情景,我真为皮皮感到不值,为什么那么多漂亮的小母狗你不理,却偏偏喜欢那么高傲的贝贝呢?于是我把皮皮叫了回来,皮皮依依不舍地离开了贝贝,三步一回头,五步一回首,却只见贝贝"小姐"依然高傲地仰着头,一个余光也不给。

> 在求偶期间,公狗并不是每一次遇到母狗都会如临仙境,通常公狗要经历多次的挫折和等待。

之后的两天,皮皮每当见到美丽高傲的贝贝时,都为它心动,它忘记曾经遭到的冷落和近乎绝情的不屑,满怀热情地向贝贝跑去。但是它却遭到了比以前更严厉的打击,每当皮皮趴在贝贝身上时,都被贝贝甩在一边,又气又恼的贝贝几乎想咬它。皮皮绝望了,无精打采地蹲在我身边。偶尔有其它的小母狗过来"示爱",不停地闻它,它却不耐烦地龇牙咧嘴,而它这样不但没有击退那些小母狗,反倒激怒了它们,引来它们的攻击。皮皮却无心与它们厮打,目光一直投向远处的贝贝,望眼欲穿。它长长地出了一口气,伤心地趴在地上,看来自尊心受到了严重的伤害。

> 如果公狗去闻母狗,而母狗不给公狗闻的话,双方是不会吵起来的;反之,母狗想闻公狗的味道,公狗不让母狗闻,母狗就会发脾气而攻击公狗。

我为它准备了它最爱吃的狗粮,还特意加了些肉泥给它。可它吃起来却一点胃口也没有,我知道它"失恋"了。

皮皮站到我的跟前,不再摇尾巴,不再讨好我,取而代之的是它眼泪汪汪的神情。我可以理解它的心情。我也失恋过,失恋的痛苦是最大的痛苦,我是知道的。我抚摸着它,一遍又一遍。我还给它买了些它最爱吃的骨头,以安慰它那严重受伤的心灵。

又是一个阳光明媚的周末早晨,皮皮总是早早地把我叫醒,只要动作稍微迟缓一些,它就不耐烦地大叫,但是今天听它的声音,似乎心情不错。皮皮最大的优点就是记忆力太差。如果我拿走它的玩具,那它很可能会恨上我一天,整天不理我,当然,第二天它又会和我打成一片。这会儿估计它已经从"失恋"的阴影中走出来了。

来到草地上,它又用它那灵敏的鼻子开始分析,都谁来过这里,是公狗还是母狗,年龄有多大,它们都干了什么,是争斗还是在"谈情说爱"。书上说它还能够从这些气味中判断出所经过狗的地位,这真是太绝了。看来狗鼻子长得那么长是有道理的。事实上,皮皮就常常沉迷在这种嗅觉之中,不达目的誓不罢休似的。

正当皮皮在那东嗅西嗅的时候,一只从未见过的头上扎着漂亮的小蝴蝶结的小母狗走了过来,迈着优美步伐从它跟前款款走过,还适时地"抛媚眼"给它。皮皮就好像触电一般,顿时打起精神,显得比以前更加英俊,一双眼睛格外有神。它马上跑过去与那只小母狗并肩前行,它们一定

是在"交谈",真想知道它们在说什么。其实不用想也知道,和男人女人谈恋爱差不多吧,只不过,它们的交往比人类要简单得多。

一会儿,头上扎着漂亮的小蝴蝶结的小母狗侧卧仰头,皮皮站立俯首,它们的尾巴轻盈地摇晃着,很是怡然;一会儿,它们的两只嘴不停地左右摇摆摩擦着对方,并伸出舌头舔对方的鼻子和下巴;一会儿,那只小母狗静静地站在原地,任皮皮不停地嗅。转眼之间它们已经在草地上嬉戏打闹了,还不时地上演着"男追女的浪漫"。接下来发生的事情,轰轰烈烈,一切尽在不言中……

皮皮满足地跑回我的身边,那样子俨然一个胜利者,像个成熟的绅士,样子酷毙了。这一天,皮皮吃得格外多,心里美滋滋、甜蜜蜜的。睡觉的时候嘴上还带着笑,它一定是梦到那只头上扎着漂亮的小蝴蝶结的小母狗了。

这一场"恋爱"可以称得上是皮皮的"初恋"了。虽然皮皮找到了自己的挚爱,但它很快便喜新厌旧了,不得不承认皮皮的性生活的确很糜乱,它几乎可以在任何时候、与任何品种的狗狗开始一场交欢。但同时,我也发现它并不是和遇到的每只母狗交欢,难道它心里也有自己的选择标准吗?

翻了一些书,终于找到事实的真相,*原来狗狗是有一个固定的发情期的:公狗一整年当中都处于发情期,可随时交配;而母狗则只有两段短暂的发情期,它们只有在这个时期才对交配感兴趣。*虽然公狗整年都在发情期,但它们却不可能随时"性趣"盎然,因为它们只有在处于发情期的母狗面前才会被激起性欲,至少要闻到母狗散发出来的气味。*在发情期,母狗的卵巢会分泌各种荷尔蒙,这些荷尔蒙是怀孕所需,同时也可以散发出特殊的气味吸引公狗注意。*哇!!!!原来如此,现在我终于明白皮皮为什么会对那些母狗视而不见了。

我发觉皮皮越来越像人了,悲伤的时候会叹气,看电视的时候会要求坐在沙发上。有的时候它立着前脚,攀着阳台的栏杆,居高临下地俯视着芸芸众生,摇着尾巴,低鸣着,那是什么意思我至今也不清楚。而有的时

候,它会抬着头凝望远方,仿佛陷入某个伟大的哲学思考当中。有的时候它也很懒,尤其当它睡觉的时候,我从它身边走过,如果我并不驻足,它就轻轻地睁开一只眼睛,然后装模作样地摇两下尾巴,算是跟我打了招呼;而如果我停下来的话,它就会站起来,脑袋后仰,前腿儿压低,伸一个好长好长的懒腰,然后上下打量着我能给它点什么东西吃。

在我看来,皮皮热爱生活,热爱主人,热爱那些与它一同嬉戏的同类,热爱它走过的每一寸马路,还有每一个它撒过尿的电线杆,它应该是快乐的吧。

## 15. 谁说"我不再是男子汉"

皮皮吃我给它的骨头,睡我的靠垫,我用棉签帮它掏耳朵,用手帮它挠痒。它最喜欢我帮它按摩耳朵了,它会把头歪向一边,脸和眼睛都很放松,嘴巴向上翘着,表情很古怪,但我知道它很舒服,它正在全身心地享受着我对它的爱。

偶尔也有"见色起淫心"的时候。但它的表现基本上还算有节制，我概括为发乎情，止于非礼。当然，非礼的主要是我的腿。它跨到我的腿上，每次看到这种情况，我就会大声呵斥它，继而把它强行抱走。可是后来我发现问题变得严重。皮皮显得烦躁不安，不停地上蹿下跳，经常跨骑在沙发的棉垫上，呼吸急促，如果我硬是把垫子拿走，它还表现出愤怒的样子，然后不理我，甚至打算恨我一辈子。带它到外面玩耍时，它急匆匆地、鼻子几乎接触地面狂奔，还会视我的呼唤不存在，只要看见一只狗，冲上去先用鼻子分清雌雄后再区别对待，对公狗转身就离开，对母狗则不由分说，扑上去就"非礼"，我使劲拉它，如果它挣不过我，就干脆来个四脚朝天，躺在地上闭上眼睛装死。如果硬起心肠把它抱走，这个家伙就趴在我的肩上，踮着后腿拼命地往后看，嘴里还不停地叽里咕噜，翻译成狗语的话八成是在骂我。在这个过程中如果我一时疏忽了没有抓牢链子，皮皮就会用百米冲刺的速度往回跑，有时还穿过车流去追逐"狗美眉"，想起来

十分后怕。

> 狗性欲过旺时,性格往往粗暴。母狗发情时,有时会疯狂地离家出走去寻求异性。公狗性欲过旺时,会把人的腿或家具当成母狗,模拟交配动作。

面对皮皮"丢人现眼"的行为,我专程前往宠物医院询问有关专家,被告知皮皮的行为是狗在发情期的正常表现,和母狗交配可暂时消除以上症状,但如果要彻底根除皮皮的不雅行为,则可以考虑对皮皮实施绝育手术。后来也听一些养狗人说,由于狗在发情期的行为暴躁,也可能出现咬人事故;还有的发情期小狗,由于到处狂奔,最终没有回到主人身边。

绝育?这可是个大事情。因为我以前曾经看到过一只做了绝育手术的猫。那只公猫在没有做绝育手术之前,总是高高地扬着头,英姿飒爽的样子。并且每晚都出去"沾花惹草",清晨回来,总是雄赳赳气昂昂。但是,自从做了绝育手术之后，整个猫都变了。每天待在房间里不肯出来，只有吃食的时候才出来走动走动，多数时候低着头，总是以最快的速度吃完，回到窝里。晚上也不再出门，只是偶尔地蹲在窗台上，望望外面，好像在思考。家里还有一只母猫，常常跑来献媚，闻它舔它，它却总是躲躲闪闪，被纠缠得不耐烦的时候，公猫就露出一副凶相来吓走母猫。我可不希望皮皮变成那个样子。

在网上查了很多的资料，专家的建议是，**狗狗早些做绝育手术比较好，越早做手术越有利于健康和好性格的养成。在生育期前做绝育手术，通常可使宠物保持青春期的活泼好动的性格。**还有专家说，绝育后的狗狗可以活得更长久。几乎人人都说，这种手术是安全的，因为手术是在麻醉状态下，由兽医在外科诊所里进行的。还有很多人在文章中表述，做了绝育手术的小狗狗，和主人的感情比绝育之前更好，而且性格变得温和，也不会随地小便，一天倒是优哉游哉，过着神仙般的快乐生活呢！

> 公狗在10个月大，而母狗在8~10个月大的时候，就可以做绝育手术了；但是手术最佳的时间是公狗长到12~14月大以后，母狗则在1岁以后。一般情况下，最好不要太早给狗狗做绝育手术，因为时间太早，可能会导致它们的尿道发育不完全，甚至尿道狭窄。

我还是半信半疑，可是思来想去，终于下决心为皮皮做绝育手术。要不是为了它的安全，我怎么能忍心剥夺它的幸福呢？也许，它不会怨恨我，知道我是为它好。也许，它今后可以不再为"情"所困，不再为"情"所累，从此了却了"尘缘"，"六根清静"；可以安享天年，轻轻松松地活一世了。

给狗狗做绝育手术，此时它的身体必须非常健康，没有任何疾病，而且已经打过防疫针。一般情况下，不要在狗狗发情的时候给它做绝育手术，这样，狗狗才能更好地适应绝育后的生活。

我找了一家口碑不错的医院,便带着皮皮去做了绝育手术。那天早上我把皮皮放在了宠物医院,医生说要到下午4点多才能接它。回家后,我感觉家里好清静哦,可是心里老惦记着皮皮,便把皮皮的小窝仔细清理了一遍,收拾得干干净净,铺得平平整整,我希望皮皮回来以后感觉更加温馨。总算熬到了下午,去到医院等了一会儿,医生把皮皮抱出来。我一看,心都快碎了。皮皮的耳朵耷拉着,双眼无神,浑身的毛毛看上去黏黏的,路都快走不动了,而且一个前脚上被剃掉了一片毛,我知道那是因为手术时要打点滴的缘故,屁股上的毛毛又有一点黄黄的,可能是打过麻药后拉稀的缘故。医生给我几张纸,那是皮皮手术后的注意事项,我便抱着皮皮回家了。

给狗狗做绝育手术,一定要到可以开具绝育证明的医院,那里有正规的主治医师,能够对手术进行严格的消毒,确保手术的安全可靠。

回到家以后,皮皮一声也没有哼过,在它的窝里一直蔫蔫地趴着。当偶尔听到门外有动静,依然挣扎着爬起来,试图像往常一样汪汪地叫几声。只是因为伤口的疼痛,前爪儿一软又趴了下去。我一直坐在皮皮的窝边,看着它。皮皮颇解人意,还奋力地给我摆了两下尾巴,以证明它没事。可爱的皮皮啊,让我又心痛又负疚。晚上临睡前,我用针管给皮皮喂了些葡萄糖水。看着它静静地躺在它舒适的小窝里,我心里的滋味犹如五味瓶打翻了一样。

那一晚,我真的有些忐忑不安,不知道这个举措会给皮皮带来什么影响。我担心第二天醒来,皮皮该不会像那清宫剧里的太监一样,变成了扭扭捏捏的"娘娘腔"。再也不是那雄赳赳、气昂昂的"小男生"啦。我便在这种乱七八糟的想象中睡着了。

第二天,天才刚刚亮,我被一阵急促有力的叩门声惊醒。定神一听,啊!是皮皮起来啦!它正在不停地扑打着厨房的门,原来昨天晚上没吃什么东西,现在是饿了。我赶紧奔向厨房。皮皮看到我,急不可待地扑向我。我抱着皮皮,一边不停地抚摸着它的脑袋,一边喃喃念叨着:"皮皮,你好了吗?还疼不疼啊?"皮皮看起来好多了,虽然动作还有些缓慢,但是基本和往常一样了,早餐吃得很香。我的心放下了一大半儿。

晚上有朋友来看皮皮时,门铃刚一响,只见皮皮就蹿到门口,发出洪亮、雄浑的叫声,它完全没有了我所担心的"小太监"的猥琐样儿。这时我才真正地踏实下来。我逗弄着皮皮说,谁说皮皮现在不再是"男子汉"了,只是我的皮皮率先响应国家计划生育的号召罢了。听了这话,它汪汪地叫了两声,似乎十分赞同。

绝育后的皮皮仍然调皮好动,而性格却真的温顺了许多,再没有出现过为了母狗而与公狗打架的情形。因为皮皮对发情的母狗根本就不感兴趣,更不会像以前一样,为了招引母狗而朝远处叫了。

皮皮没有改变,它依然是以前的皮皮,我们的生活也和从前一样,平静而温馨。第一次看到我脸上覆着的面膜,皮皮一下子站起来,先是后退两步,然后汪汪地冲我大叫。

我不停地喊:"皮皮,是我。"可能是听出了我的声音,它又低吠了两声,我把面膜拿掉,它愣愣地看了一会儿,随后摇头摆尾地扑过来,嘴里还发出"嗯嗯"的撒娇声,好像在说:"我亲爱的主人,原来你在和我玩'变脸'啊!"此后,皮皮再看到我的"变脸"时,不再叫了,而且还默默地躺在我腿上,看着我撕下来的面膜,它试图爬到我的超宽超大被子上,被我阻止了。它疑惑地看着面膜,有点像我昨天给它做的鸡蛋晚餐吧。

## 该不该做绝育手术?

★ 母狗渐渐成长,生理成熟时,就是发情期的开始。母狗一年发情一至两次。母狗在发情期首先出现的征象是出现微红的分泌物,在一星期内会增加分泌量,随后一星期转为微黄的分泌物。自然地,它外阴处胀大、松弛及变得柔软,代表它已准备好"成婚"。在第二个星期开始排卵,这是它繁殖的重要时刻。此外,母狗在发情期三个月后,多数出现皮毛脱落的情形,或只脱掉一少部分。在发情期,母狗常常会守在门口,吸引对它有兴趣的公狗,间歇提起尾巴做出交配的姿势,尤其是被轻拍身体后半部时。公狗在发情期,通常会变得比平常野蛮霸道,或有与其他雄犬打斗的倾向,以撒尿划清领土来吸引异性及吓退其它竞争的雄犬。而且还不时地抓着不同的物件或主人的腿,以满足其需要。

★ 给狗狗做绝育手术,有很多优点。首先,做绝育手术能使狗狗寿命延长。这是因为不断的过度的生育活动会使身体器官加速老化,缩短宠物的寿命。其次,做绝育手术能使狗狗更健康,减少患病的机会。有研究表明,做绝育手术可以减少雌性宠物患子宫和卵巢癌及乳腺癌的机会,特别是在雌性动物刚刚性成熟但尚未生育就做绝育手术效果更明显。做绝育手术可以使雄性动物减少患睾丸癌的机会,降低前列腺疾病的发病率。再次,做绝育手术可以改变狗狗的性格,减少或彻底改变外出游荡、打斗、到处撒尿和吼叫的习惯,从而大大地减少丢失或受伤、被传染疾病的机会,同时使狗狗变得更加富于感情,乖巧温顺讨人喜欢,与主人关系变得密切。

★ 做绝育手术通常是没有危险的,现在使用的麻药可以最大限度地减少宠物在手术时的痛苦和麻药本身对狗狗造成的不适。通常在手术后几天,狗狗就能完全恢复正常。

# 第6章 人与狗之爱

狗有类似于人类的嫉妒、愤怒、关爱或其他情感吗？由于它们不会讲话，而我们又不能问它们，因此，我们能做的就是根据它们的反应和身体语言来作出判断。我们会发现狗可以与我们分享相同的情感。高兴、害怕、平静、不安、满足、愤怒，甚至是爱，都是狗能和我们分享的。不要小看它们，它们看待世界的方法比我们想象的要多得多。爱和忠诚是我们对狗的要求的第一位，但这也是双向的过程。

## 16. 游戏时间开始了

皮皮长得很壮实,很聪明,也很机灵。它已经懂得什么东西能动,什么东西只能看看。如果不经过我的允许或吩咐,那就是什么也不许动。于是"不许"这个词就成了皮皮生活中的主要准则。我的眼神、声调、手势,还有那些讲得很清楚的吩咐的话,成了皮皮生活中必须遵守的准则。其实,我觉得狗比人聪明,因为狗可以听懂人的话,而人却怎么也听不懂狗的话。

皮皮甚至还能猜透我的心意。譬如,我站在窗前凝望着远方,久久地沉思。这时,皮皮就会蹲在我的旁边,也凝望着,沉思着。我当然不知道它在想些什么,但它的那副神情仿佛在说:"我亲爱的主人马上就会坐到桌前,用手指敲打桌上的小方格,发出噼里啪啦的声音,然后在像电视一样的东西上就会有'蚂蚁'出现。她要这样继续很久,所以我就蹲在她身边陪着她。"然后,它把鼻子伸到我温暖的手心里,于是我对它说:"皮皮,咱们来工作吧。"于是它就真的跟着我走到电脑桌旁坐下了。

当皮皮觉得累的时候,就蜷做一团卧着,如果我说:"回窝去吧。"它就回到角落的窝里等着,等着我使眼色、说话或打手势。过一会儿,它可能从窝里出来啃啃圆骨头,当然咬不碎,但是能磨磨牙齿,只是不能打搅我。

当我工作的时候是这样,可是到了游戏的时间就不是这样了。游戏时间是皮皮一天当中最开心的时刻,它会忘掉一切,尽情地玩耍。

我没有给它准备太多的玩具,因为我听人说,如果给狗提供太多的玩具,容易使其误解可以玩耍任何东西,所以一只狗最多允许有3件与家具不同的玩具。那只兔兔是我给它买来做伴的,不能算是玩具。皮皮也只是在无聊的时候,舔兔兔,或者说上"几句话",具体说什么,我是不会知道的。

> 如果把狗单独留在家中,狗为了打发时间及克服孤独的感觉,或者是换牙时牙痒,便会去乱咬东西。

我发现皮皮总是咬我的拖鞋,有的时候还啃衣柜腿。一天,它正在全神贯注地咬鞋时,我平静地向它靠近,在它的耳边拍手并且说:"别咬!"这让皮皮很震惊,立刻停了下来。它的耳朵贴在头上,整个身体也压低,几乎缩成一团,显然它已经感受到我生气了。这样说过两次之后,皮皮咬东西的行为有了明显的改善。我知道咬东西是狗的天性,于是我给它买了鞋状的狗咬胶,还有圆骨头,这下它可以尽情地咬了,既可以磨牙也可以清洁牙齿,我的鞋子和家具也可以免遭一"劫",真是两全其美。

玩具在狗狗的成长过程中,是颇重要的内容,除了能够让狗狗从中得到快乐、满足之外,更重要的是,要让狗狗逐渐学会自己玩玩具,当它独处在家的时候,不会因为无聊或是不满而破坏家具。

皮皮最喜欢的游戏就是抢球,现在这个游戏也是我最喜欢的。一开始的时候,它抢不过我,可是聪明的皮皮很快就找到了窍门,学会了在光滑的地板上快速转身!它长得一天比一天强壮,力气也一天比一天大,后来,我已经不是它的对手了。

游戏结束之后,除了圆骨头它可以随时咬到外,其他玩具我会在皮皮的注视下收起来。因为我要让它知道,玩具是属于我的,只有在游戏的时候,它才可以得到,这样也有利于我树立主人的权威。曾经看到很多人将旧衣物和旧鞋给爱犬玩,刚开始我也认为这个办法是既经济又实用的,可是听了专家的讲解后才知道,这根本就是大错特错。因为狗没有识别主人新旧物品的能力,如果让狗狗玩耍这些物品,它会认定主人允许它撕咬主人的任何物品。

每次在与皮皮玩耍的时候,我都没有忘记对它加以训练。训练冲呀、咬呀、跑呀、叫呀、跳呀,就差没给它配兵器了。其中最有趣的游戏就是叼东西,为了让它学会衔住物品和捡东西回来,我可是煞费苦心。我抱住皮皮的头部,轻轻地掰开它的嘴,我嘴里不停地说着:"好狗。"然后把它喜欢咬的圆骨头塞到它的嘴里,命令它咬住。每当皮皮自愿地咬住圆骨头时,我不停地表扬它:"好狗,咬住。"随后,我将圆骨头放在皮皮的鼻子前引逗它,皮皮紧紧地盯着圆骨

头,我把圆骨头放在地上,皮皮的目光也跟随着到地上,然后开始将嘴伸向圆骨头,准备叼起,我马上说:"咬住。"然后它便叼起圆骨头,自豪地看着我,我便给它一个深深的热吻,以示鼓励。我把圆骨头扔到不远的地方,让它捡回来,它竟然真的捡回来了,我对它又抱又亲,它同样也很兴奋,尾巴摇得像拨浪鼓一样。

> 和你的狗玩一些有益的游戏,以促进它的身体和大脑的发育。狗的天性很机警,缺乏活动会导致它得厌烦症,而一只精神倦怠的狗是很危险的。即使是最简单的游戏也能加强你和小狗之间的联系,而且通过游戏,还能增强你的领导权威。

皮皮最喜欢的游戏场所就是草地。草地上可以跑跑跳跳,追蝴蝶,在草地上打滚,什么都可以干。现在我可以把圆骨头抛得更远一些了,皮皮迅速地追过去,在草地上仔细搜寻着扔下的圆骨头。突然,皮皮慢了下来,而且越来越慢,仿佛在选择每一步落脚的地方,生怕弄出沙沙的响声。它停了下来,那个姿势时常可在浪漫派画家的作品中看到——头伸得长长的,颈部、脊椎和尾巴形成笔直的线条,前脚掌高高举起,好像踩到什么令人不悦的东西。这一刻仿佛凝固似的那么漫长。这是皮皮第一次这样作势!过了一会儿,皮皮突然一个前扑,一只麻雀突然飞起来,皮皮又朝麻雀猛扑过去,它用尽全身力气,拼命地追赶。"回来!"我不停地喊,可是皮皮什么也没有听见,好像没有耳朵似的。皮皮一直奔跑到麻雀看不见了,这才高高兴兴地跑回来。我阴沉着脸,板着面孔,也不抚摩它。它一直在寻找我的眼神,可我就是不看它,然后它开始小心翼翼地舔我的手。事实上,我并不是真的生气,因为通过皮皮的这种行为,我看到了它还具有猎犬的潜能。

室外活动结束之后,就该打道回府了。它穿着一身娘胎里带来的皮大衣,没有散热功能,这会儿它已经气喘吁吁,伸着舌头,一副艰难困苦的样子,它就像经历了长途跋涉一样,但是尽管如此,它总是对这样的活动乐此不疲。

## 17. 都是嫉妒惹的祸

扬子来电话,说她要带着她的宝贝儿子——比格犬阿呆来我家玩。

当扬子走进屋的时候,皮皮站在门口摇着尾巴表示欢迎。当扬子说:"好乖的皮皮呀。"它的尾巴摇得更起劲了。随后它看到扬子身后的阿呆,两只狗对望了一下。阿呆看上去比皮皮要大上一圈。皮皮站在原地,阿呆跑到皮皮跟前。皮皮抬起尾巴,直着身子,以便使自己站得高一些。它瞪大了眼睛,对阿呆不停地仔细打量。两个小家伙这样对峙了一会儿后,就彼此靠近,开始嗅对方的脑门和屁股,好像在进行一个外交仪式,然后就一起跳跃着玩耍起来。

看它们在一起已经很"融洽"了,我们便到厨房里,打算弄一顿丰盛的午餐。当我再次从厨房走出来的时候,发现客厅里一摊一摊的狗尿,像摆地雷阵一般,分辨不出是哪个拉的。但这并没有让我感到奇怪,因为在看了很多关于狗的文章之后,我知道它们是在抢地盘。而

这时,皮皮挺直身子站在沙发上,高高地扬着头,竖起尾巴,目不转睛地盯着站在地上的阿呆,似乎在说:"我是这里的老大。"

> 如果两只狗在一起,它们就会形成等级。地位高的有优势,当发生争吵时,就可以利用地位高的优势赢回控制权。

我是很喜欢比格犬的,因为从打算养狗开始,对于比格犬我几乎是一见钟情。看着阿呆,我甚是喜欢。便不停地叫着阿呆的名字,阿呆总能在听到我的呼唤声后跑到我的身边,皮皮也紧跟其后。我切了一片炖好的牛肉给阿呆,我之所以没给皮皮,是因为皮皮平时根本就不喜欢吃牛肉。可这次皮皮却用两个前爪挠我的腿,我对它解释:"皮皮,这是牛肉,你不喜欢吃的。"可它两个小爪子继续挠着,汪汪地叫了两声,似乎对我说的话并不赞同,我只好切了一小块给它,它便一口吞下。它看看阿呆还坐在那里,它也一屁股坐下来。直到阿呆走出去,皮皮才跟着出去。

　　我发现这两个小家伙,总是虎视眈眈的,不知道为什么。扬子给阿呆拿了一根冰棍,阿呆吃完后,下巴沾上巧克力了,皮皮就不停地过去闻,后来我也给皮皮拿了一根冰棍,皮皮吃完后,特意地走到阿呆跟前,让阿呆闻闻身上的巧克力味,这下阿呆又不干了,这样来回几次。后来又争着吃鸡翅,吃菜,皮皮本来不吃菜,但是它过来抢,然后叼到一边吐出来,也不给阿呆吃。

　　吃过饭以后,我们坐在沙发上聊天,阿呆跑过来在我的脚边蹭来蹭去,我便将它抱在怀里。皮皮冲着我叫了两声,便一个鲤鱼跳龙门般跳到我的腿上。我被它吓了一跳,冲它吼道:"皮皮,你干什么!下去,到一边去!"皮皮跳到地上,冲着我怀里的阿呆,叫了两声。我和扬子天南地北地聊着,阿呆已经在我的怀里睡着了。这时我才想起皮皮,好半天没看见它了。我到厨房找它,它不在,却看见垃圾桶倒在地上,垃圾散落了一地。到卧室里看看,让我意外的是,我竟然看到皮皮拉屎。当我正想发脾气的时候,扬子的一句

话提醒了我:"你的皮皮嫉妒心还挺强。"嫉妒心?对,应该是嫉妒心,以前我也看到过不少这样的文章。

> 狗的嫉妒心非常强,当你把注意力放在新来的狗身上,忽略了对它的照顾时,它就会愤怒,不遵守已经养成的生活习惯,变得暴躁和具有破坏性。主人除了它以外还关爱其他对象,它就会叫或发出鼻声、玩弄主人心爱的物品、把主人的东西藏起来等。这个时候不可以责骂它,应该轻柔地呼叫它并且体恤它,应该理解狗狗嫉妒的心理。

英国就曾经发生过一起宠物狗因为嫉妒而咬死主人女婴的事件:宠物犬是主人五年前花钱买来的,当时他们还没有生孩子。它一直对人友好、顺从,也从不与别的狗打斗,甚至还害怕邻居家的另一条狗。自从女主人生了孩子,照顾狗的时间就少了很多,对它也少了很多的爱抚。一日,当主人们在家中卧室内熟睡时。刚生下12周的女婴不幸被这条狗残忍地咬死在婴儿床上。这条公狗在事发后已经被打死。

看了这条新闻,我真是不寒而栗。狗的嫉妒心原来是这么可怕。

狗不光是嫉妒狗,它们也会嫉妒婴幼儿,也就是说,狗认为婴幼儿的地位比自己低,狗不明白为什么主人会疼这个地位低的婴幼儿,因此当主人不在家时,如果婴幼儿自行接近狗的话,老早就嫉妒在心的狗说不定就会趁机咬上一口,这点主人们千万要注意。

为了弥补我的一时疏忽,我没有训斥皮皮,看它趴在窝里一副无精打采的样子,我叫了一声:"皮皮。"皮皮回头看看我,它并没有在我的想象中跑过来,而是又低下头趴在那里,这小家伙还和我怄气。我又叫了两声,它还不动。我喊:"阿呆。"皮皮马上回头,随即迅速地朝我跑过来,我拍拍腿,它便一下子跳上来,在我怀里蹭来蹭去,还撒娇地呜呜两声,一副很委屈的样子。然后看看地上站着的阿呆,抬了抬下巴。

> 当狗狗心理不平衡的时候，往往会有一些过激的行为，如果处理不好，就会影响主人和狗狗之间的感情。这时候，需要用正确的方法来帮助狗狗缓解压力，保持平和的心态。

有一次，朋友送给我一只小刺猬。小刺猬来的那天，皮皮左看右看，大概以为是给它准备的玩具，用爪子碰了碰，小刺猬缩成一团，它被小刺猬刺痛，叫了两声，后退了两步，便恶狠狠地对着小刺猬咆哮着。皮皮不甘心，又试了几次，都败下阵来。因为小刺猬不怎么吃东西，我很担心。于是每天都要看它几次，每次都看老半天，而且不停地问它："怎么啦，为什么不吃东西呢？"皮皮便站在一边看看我，又看看小刺猬。两天后，我发现我给小刺猬准备的食碗不见了，我也没有当回事，又准备了一个，结果又不翼而飞。我听见皮皮在厨房里好像冲着什么东西叫，马上跑到厨房，才发现小刺猬正在不客气地大嚼皮皮的狗粮，它一定是饿坏了,居然在我和皮皮的眼皮底下,悄然无声地从阳台穿过客厅到厨房找吃的,好机灵的小刺猬啊。我看到这一幕很开心,便不停地夸奖小刺猬,而忘记了皮皮的感受。

> 当狗觉得自己地位较高时,就不允许主人先叫地位低的"家伙"或称赞地位低的"家伙",这是出于嫉妒。

我又为小刺猬准备了食物,但担心食碗还会不翼而飞,便走进卧室,假装关上门,实际留了一个缝。过了一会儿,我看见皮皮叼着那只碗跑了过去,我一下子冲了出去,皮皮正往柜子底下钻,它没想到我会突然出现,我两只手叉着腰,目不转睛地盯着它。它则前爪伏在地上,眼皮耷拉着,偶尔上翻看看我,样子活像一个被当场抓住的小偷,然后夹着尾巴躲到窝里。我看看柜子下面,果然有三只碗。我知道它嫉妒的毛病又犯了,我没有理它,而是忙着为小刺

猬准备吃的。直到晚饭的时间,听到我的喊声:"皮皮,该吃饭了。"它才从窝里跑出来,但是眼睛仍旧不敢看我,我尽量保持严肃的表情,其实心里早就笑翻天了。

饭后,它不停地向我摆尾巴,开始啃我的脚。我坐着,它环绕着啃;我站着,它跟随着啃;我把脚提起来放到茶几上,它就后腿一撑,水涨船高,追捧着啃。我知道它又在献媚、讨好我。它的这种讨好方式有时候会让我觉得开心,可有的时候让我不耐烦。我开心的时候就将它抱在怀里玩一会儿,这是它最希望的;但在不开心的时候,我会一声大喝,它就惶惶如丧家之犬,乖乖地躲到沙发旁边。我想,它其实并不清楚,我什么时候会开心,什么时候会不耐烦,它只是一贯地用它的方式讨好我。

> 如果狗狗从年龄很小的时候就习惯与其它动物相处,就不会过分介意新成员的加入,而产生嫉妒心理的几率就会很低。

每当看到皮皮的嫉妒时，我才知道我对它是那么重要，它的世界里只有我，而我的世界里却不仅仅有它，因此它不愿意和"别人"来分享我的爱，更忍受不了我的冷落。其实我总是在不经意间伤害了它的感情，可它却依旧依赖我、巴结我，只因为我是它的主人，高高在上的主人。

为了皮皮不至于成为一个"嫉妒杀手"，我更加注意带它到一些有很多人和动物聚集的地方活动，我不希望它的眼里只有我，我更愿意它能包容更多的人和动物，并能与不同种类的动物和平相处。

## 18. 将瘦身进行到底

从养了皮皮开始,我知道了狗狗原来除了吃饭、喝水、睡觉以外,还需要其他很多的东西。洗澡要用专用的沐浴露,玩耍要有特别的玩具,需要经常清洁耳朵、梳理毛发,每过一段时间要剪趾甲、挤肛门腺……

狗还要有专门的营养品:钙片、营养片、美毛油、发育宝、健力素……对了,还要有零食。各式各样的鸡肉条、鸭肉条、饼干、咬胶等,品种繁多。自从养了皮皮,我渐渐变得越来越不修边幅了,钱包里的钱像流水一般花出去。但比起这个小家伙带给我的快乐,一切的付出都显得如此微不足道。

想起皮皮刚来那会儿,我吃饭的时候它也跟着吃饭,我吃什么它就吃什么,"人狗平分"这道菜是我们都喜欢的,常常是我把排骨吃了几口,剩下的就都给它了。后来也养成了一个坏毛病,每当我吃饭的时候,皮皮就在桌子旁边转来转去,它食碗里的美食不吃,反过来向我要吃的。如果我只顾自己吃,它就把前爪搭在我的腿上不停地挠,抬

着头用极其讨好的眼光望着我,满脸是对我碗里、筷子上、嘴里的东西流露出来的渴望。尾巴不停地摇动,嘴里还不停地"嗯嗯"着,装出一副可怜兮兮的样子。如果我继续不理它,它就会冲着桌上的美味狂吠两声。有时实在不忍,便把自己的美味分给它一些。

皮皮和我一样喜欢吃零食。如果我吃冰淇淋,就要分给它一小份。它还特别喜欢吃核桃,我一个核桃还没剥完,它就把嘴里的核桃吃完了。于是,我除了间或偷吃几个外,99%都被它"掠夺"了,搞得后来我都不敢吃了。我发现我在宠坏我的狗,我吃的任何东西都要分给它,牛奶、橙子、十几块钱一斤的提子、洽洽香瓜子,我没法独自享受美味,只要我一看到它的眼神,我就妥协了。

皮皮是我的心肝宝贝,所以我很少给它吃狗粮和米饭、蔬菜,它最喜欢吃的就是卤牛肉,一次可以吃3两,最多能吃半斤。没过多久,皮皮的身体就像被吹了气的皮球一样。

家里来了朋友,我们吃饭的时候,皮皮依然围着我打转,为了不让它打扰我们说话,索性给它一大块排骨,让它自己慢慢地享用。朋友看了看皮皮,又看了看我,我微微地笑了笑说:"你不会介意吧,皮皮是个馋嘴的家伙。"

朋友突然严肃起来:"它馋嘴?那也是你造成的。其实我并不怎么介意,因为我家里也养狗,但是我不能保证别人也不介意。"

我开始嬉皮笑脸:"不会吧,一只小狗而已,再说很多人家的狗狗不都是和人一起吃饭吗?"

朋友开始反驳:"那是他们不明白,狗和人一起吃饭是非常错误的。久而久之狗会养成乞食的习惯,而这对你、对狗都不好,对客人也很不礼貌,人家会说这只狗很没有教养,况且也很容易发胖。"

我有些生气了,我的狗没有教养?这和说我有什么区别,狗不教人之过嘛!这时皮皮也冲着朋友叫了两声,也许它也能听出这是在谴责它吧。

和朋友不欢而散。半躺在沙发上想着朋友说过的话,这时皮皮又盯上了放在茶几上的花生豆,头向前伸着,嘴

巴就快碰到那包花生豆了。本来我就在气头上,看到皮皮这样的行为我更是火气冲天:"不许动!"我一把揪过皮皮:"你这只没有教养的狗,那是我吃的东西,谁让你吃了。"皮皮缩成一团,头压得低低的,眼皮耷拉着。我又回到沙发上,皮皮就坐在那里不停地打量着我,我知道它在想什么:"为什么以前我可以碰那些食物,而今天却不行了呢?"

我开始意识到事情的严重性,我决定采取一些行动来弥补我的过错,训练皮皮改掉乞食的恶习。

刚开始的时候,每当看到我吃饭,它就很着急,围着我来回转,当它伸出爪子想挠我的腿时,我立刻瞪着眼睛,板起面孔呵斥它:"下去。"如果它不听,我就用水枪射它(这一招是在网上看到的)。我坚持不赏给它东西吃,任凭它作出多么楚楚可怜的样子。估计有一次它饿极了,叫了几声。可是过了两天它就有些明白了。如果我要吃饭了,它就得等着趴在我脚边上,等我起来刷碗,它就又激动了,知道离它吃饭时间很近了。我还会故意把零食放在茶几上或椅子上,每当它要去碰时,我就用水枪射它,并命令它离开。当然零食可以吃,但必须是我给它的。皮皮的记忆力还不错,乞食的毛病基本是改掉了。现在即使碰到熟人给它吃的东西,它连看都不看,一副很绅士的样子,常常弄得那些人不好意思。看它成为一只这么有尊严的狗狗,我更加大大地赞赏和奖励它。

皮皮已经太胖了,走起路来像个肉球一样左右摆动,我都快抱不动它了。抚摸着它,它的身体被厚厚的脂肪包裹着,已经触摸不到它的肋骨。我带它去了宠物医院,做了全面的检查。医生告诉我,皮皮现在还很健康,但是应该给皮皮减肥了,这样胖下去,以后会有什么病就很难说了。医生还说,*造成狗狗变胖的因素大概有5种可能:第一是高油脂、高糖分的食物最容易导致肥胖*,尤其是喜欢乞主人嘴边的食物或是挑食的狗狗;*第二是活动量较少*,多余的能量转化成脂肪储存起来了;*第三是年龄*,小于两岁的狗狗很少有过胖情形,但是在两岁之后,狗狗容易肥胖的几率就开始攀升,到6至8岁时的肥胖几率达到最高点;*第四是遗传基因和品种特性*,有些品种的狗狗很容易发胖。

譬如:喜乐蒂、米格鲁、巴哥、腊肠、拉不拉多、可卡……等等;**第五是内分泌失衡,**当荷尔蒙正常时,会控制狗狗的体形发展,但是当狗狗的甲状腺或脑下垂体功能失调时,就容易发胖。皮皮不属于后两种,至于年龄,皮皮刚过两岁,当然有可能。其实我心里清楚得很,皮皮发胖,最有可能的原因就是前两种了。

> 对发胖的狗狗执行减肥计划之前,应该让兽医对它进行一次体检,你的宠物可能需要药物治疗,可能是一种潜在的疾病导致体重增加。兽医会采用各种手段确定你的宠物发胖的原因。

我为皮皮做了节食计划,减掉了1/4的食物,也不再给它吃零食了。有一天,我给皮皮和小白吃包子,在我转身去做别的事情再回头时,我发现小白竟然把一个包子全吃掉了,我有些纳闷,但也没有理会。晚上,我发现皮皮站在杂物架边不肯走开,每当小白从旁边经过时,它便头贴着地板,嘴和鼻子朝后皱起,就像一块弄皱了的小地毯,它长长的上唇起伏着,露出让人头皮发麻的尖牙,并发出"咕隆隆"的声音,这种状态通常只有别人试图抢它食物的时候才可能出现。当小白停在那里时,皮皮还想咬它,完全不是平时玩耍的样子。我经过的时候,它也神色紧张。于是我停下来看了一下,发现下面有一个包子,原来它偷了小白一个包子,而且还藏了起来。知道我发现了它的秘密,皮皮含着包子想另找地方藏起来,左也不是右也不是,那副样子真是让人想笑。我对它说:"其实我不是不让你吃饱,你真是太胖了。如果这样胖下去,你的寿命会缩短的,而且还可能得很多的病,那样我多伤心啊!"听到我说话,它歪一下头,随后它舔舔我的手,又汪汪地叫了两声,似乎在附和我的说法。

> 狗肥胖易出现循环系统和呼吸系统疾病。它们对运动的承受能力和对传染性疾病的抵御能力也会降低。狗肥胖可引发糖尿病、肝病、关节炎、过敏、皮肤病等。

为了让皮皮能够减肥成功,我的牺牲也不小。晚上9点的时候,我带着它狂奔在大道上。拴上狗链时,它总是试图像一匹马一样奔跑。我所有的朋友都这么形容,是的,像一匹奔跑的马。狗链是缰绳,它弓起身,试图挣脱狗链,四脚飞离地面,就像一匹草原上肆意奔跑的马。于是我常常满足它要飞奔而去的愿望,拉着它在街上跑步。它太胖了,跑了一会儿就气喘吁吁了,街上所有的人都看着我们。看这个穿着跑鞋的疯女人和一只狂奔的狗。它有哮喘病。我对街上遇到的所有的狗主人都这样说。皮皮大口地喘着粗气,开始不停地仰头看我,它希望我停下来歇一会儿,而我觉得才刚刚开始。可是皮皮实在跑不动了,它的喘气声太大了,虽然它的脑袋保持着向前冲的姿势。此后,每天出来遛弯的人们都会看到一只狗和一个女人在大街上跑步。

为了知道皮皮的体重变化,我专门买了一个人体秤,开始时每天称一次,并做详细记录,后来两三天称一次,每当我忘记的时候,皮皮都会提醒我。看着数字一天比一天变小,皮皮和我都很开心。跑步时,皮皮的速度一天比一天快,我已经跑不过它了。

天气一天比一天热了,我忽然心血来潮,找到剪刀帮皮皮剪毛。皮皮全身的毛膨松发胀,像穿了件高级的开司米绒毛衣,有点臃肿。于是我将它身上的那件"开司米绒毛衣"修改成了合身的"线衫"。剪完一看,哇,皮皮变得好轻巧、好年轻哦!一身赘肉和膨胀的毛没有了,皮皮看起来帅气而英俊。它自己也很得意,跑到镜子前瞧了又瞧,小白也不停地在它面前跑来跑去,好像在说:"你没有了虚张声势的毛,好帅啊!"皮皮跑到我跟前,在我脚上蹭来蹭去,舔我的手,它似乎在感谢我把它变得这么帅气,我捧着它的脸说:"你可要好好保持这种英俊的身材啊!"它那红色的舌头讨好地伸在外面,配上那两只很老实的眼睛,整张脸看起来有点滑稽。

## 减肥计划

狗狗一旦热量的摄入超过了能量的需求,多余的热量就

会变成脂肪贮存起来。检查狗狗是否过胖,最简单的方法是:用双手顺着狗身体的两侧从头摸到尾。正常情况下,你可以在不太厚的脂肪层下触摸到肋骨,从上往下观察时,应该能在肋骨架后面看到一个明显的"腰围曲线"。如果狗狗没有"腰围曲线",那么狗狗就有肥胖的问题了。

给狗狗减肥,需要制定一个全面的计划。

★ 在没有明确狗狗发胖的原因之前,最好去请教兽医,让兽医给它进行一次体检。你的宠物可能需要药物治疗,可能是一种潜在的疾病导致体重增加。

★ 减肥的方法虽然很多,但都离不开饮食和运动这两大要素。应该减少食物的热能含量,可以采用市售的低热量宠物食品,或者减少原先的进食量,最好吃一些青菜。狗的减肥时间应在12~14周内,每天喂的食物含热量相当于维持标准体重所需的40%。在减肥阶段,狗狗会感到饥饿。无论它乞讨食物的表情多么可怜,都不要让步! 这是减肥的关键。

★ 每天要抽出一定的时间到户外去运动,但不要迫使严重超重的狗进行过量运动,这可能会给它的心脏和肺带来无法承受的压力。

★ 为了监督减肥计划的执行过程。每周称一次体重,每次最好在一天的同一时间而且使用同一台秤称。

★ 一旦狗狗达到标准体重,不要重蹈覆辙,恢复过量喂养的习惯,而应该根据活动量来调整食谱。

## 19. 骨头有时候比爱更重要

皮皮喜欢用爪子捧着我的手指,送到嘴里轻轻地咬,但绝对不会用力,仿佛和你撒娇。很多小孩看到狗会吓得大哭,是因为怕被狗咬到。我的皮皮从来不会让小孩害怕,有几个小孩第一次敢摸狗还是皮皮的功劳呢,皮皮会乖乖地让他们抚摸,而且轻轻地舔舔他们的手,像个小姑娘一样乖巧。皮皮从来没有咬过任何人,即使踩了它的尾巴,它也只是叫几声。

刚开始皮皮对人的好恶的选择我并不理解,后来时间久了,我才明白,它是通过观察人的眼色和声调来了解人的。只要我用友好的目光看一个人,那个人也就很快成了皮皮的相识;如果我用不友好的目光瞥一眼,皮皮有时还会吼叫几声;即使别人说着很亲热的奉承话,它也能从人家的声调里分辨出善意和恶意。我还发现,如果我与别人聊天时相对而站,它会时不时地来叫几声,而当我与别人并排边走边聊时,它甚至会向人家摇尾巴,莫不是它认为和我相对而立的人是敌人,和我并排的人就是朋友吧?后来试了几次,皮皮的反应都是这样。有一次我带皮皮去散步时,

碰到一个老朋友,他曾经是我以前的同事。他是一个特别喜欢开玩笑的人,见到我以后,他笑眯眯地说:"好久不见,来个拥抱怎么样?"说着张开双臂欲做拥抱状。谁知道,皮皮突然站到我们俩之间,把那个朋友使劲地向后挤,然后不安地看着我。我想它是想替我解围或者想保护我,于是我对皮皮说:"没事,他是朋友。"朋友先是一惊,随后笑着说道:"你现在不一样了,还有保镖保护你。"我看看皮皮,心满意足地笑着。皮皮一直跟着我们,不肯跑远,直到我和朋友坐在长椅上聊天,它才跑到远处找它的同类。从这以后,我才知道皮皮不仅是我的心肝宝贝,它还是我的守护神。

> 狗狗和人生活在一起,它就理所当然地把这个家里的每一个成员看成"狗群"里的一分子,群体的生存是需要每一个成员团结友爱和相互支持的,所以当发生危险时(至少狗狗认为是危险的),它就会很自然地保护家里的每一个成员。当然,有时候它向我们寻求保护也是非常自然的。

虽然皮皮对人热情宽厚，但尴尬的事情也时有发生。客人中常有好事者，夸皮皮聪明伶俐，将来必成大器，并作宽厚仁慈状，近前端详抚之，也许皮皮不过是凡夫俗狗一只，得意之处不免惶惶然，惶惶然之余不免大声喷嚏一下，以掩饰内心，不料竟喷于客人之慈祥的面部，顿时客人面部表情凝固。尴尬之下，我只能送上纸巾并怒斥"恶犬"，好在客人不管心里如何后悔与皮皮的距离太近，但嘴上却总说没有关系，我也正好趁机下台阶。

皮皮"待人处世"的老到与娴熟，我已经不敢小觑。我常常想如果它是人，那它很可能会成为一个成功的政客，其前程无论怎么乐观地推测都不过分。

自从皮皮认定我管着它的生杀大权，决定它生活质量的高低后，它把一切媚态都献给了我。每当我从外面回来，一进门，皮皮一番冗长而复杂的欢迎仪式也就开始了。欢喜、跳跃、尾巴摇得像摇头的风扇、舌头吐得像恋人的手绢、气喘吁吁，让人觉得，假如有可能，它甚至会把自己的心都给掏出来。然后跟随我的脚步，或到厨房，或到客厅，

屁颠屁颠的,一边跑还一边跳。有一段时间,我的弟弟来北京学习,与我们同住,很快他们(它与他)就变得很熟悉了,并且它能从上楼梯的脚步声中判断出是他。那段时间我几乎可以通过它的反应来判断,我弟弟是否真的回来了。当我在家时,如果门铃响了,它判断出是我弟弟,便充耳不闻,无动于衷,趴在地上,眯缝着眼,甚至连尾巴都下垂着。当皮皮发现的确是它熟悉的人时,尾巴可能会有所动作,左右动一动。如果碰到它心情好,甚至可以站起来围着转一圈。看来它知道微笑需要成本,献媚需要看对象。

一次,一家网站专门邀请我们这些兼职人员去郊游,我便把家里的事情扔给了弟弟,当然也包括皮皮和小白。两天后我回来,弟弟向我汇报皮皮的情况,从弟弟嘴里说出的话,让我觉得皮皮活脱儿是"和珅"。我走的那天晚上,皮皮发现是弟弟在给它弄吃的,便对弟弟的态度大变,尾巴摇摆的幅度空前增大,摇尾巴的次数也空前增加。无论弟弟到厨房、到阳台,还是到卫生间,皮皮都紧跟其后。只要弟弟一唤它,皮皮立马就会出现,而且眼巴巴地望着他,像战士随时等待命令。在这之前,即使弟弟常常是千呼万唤,皮皮也是充耳不闻的。如今,弟弟仅仅是掌管了它的饭碗,它就将当初对我的逢迎拍马、媚言媚语转移到弟弟身上。而当我回来之后,它的饭碗权又回到了我的手里,它察觉到了这一变化,便又一如既往地重复起以前的"功课"。看到弟弟时,甚至连摇尾巴都懒洋洋的,不仔细看,还看不到真的在动。

其实狗的这种性格是与生俱来的,这也是它们生存的需要。曾有动物专家劝慰狗的主人:狗嘛,就是靠献媚来维持自己的位置。

狗眼看人,人眼看狗,看到的不都是同一个世界。况且人们养狗往往就是为了看到它们对自己献媚的样子。《卡拉是条狗》中的老二说,只有在狗面前才觉得自己像个人。这样一句话不知道出了多少人的心声。当有人在单位受了夹板气,在公司受到上司的数落,在公交车上与不讲理的恶妇争吵,受到朋友的误解,家人的不理解,受人冤枉……心情几乎跌到谷底,然而一回到家,看到自己的狗狗那样

欢迎自己,那样讨好自己,满足感便油然而生,心里也一下子轻松了许多,一切烦恼都尽抛脑后,尽情地享受人与狗的快乐。

　　皮皮带给我的是需要、是满足、是快乐,还有更多更多……因此我从不去想它哪天会背叛我(其实狗背叛主人的例子很少很少),我只知道皮皮对我来说是真实的,它从不掩饰和伪装的献媚也同样真实。

## 20. 相伴到老

当我和来来往往的情侣擦肩而过的时候,我会想起可爱的皮皮,或许它正在磨蹭我的DVD,等我回家和它一起欣赏《宠物情缘》;当我和朋友们在咖啡馆闲聊时,我会想起可爱的皮皮,它正等着我为它准备晚餐。在这个霓虹灯闪烁、车水马龙的城市里,有一只叫皮皮的狗,无时无刻不在等候我的归来。

皮皮在我高烧40度的时候,一直守在我床边,还不忘叫上两声,让我捧个安慰奖;朋友来的时候,它也不忘在我脚跟蹭两下,以示我是属于它的;在我心烦意乱的时候,它也会躺在我身边,共同驱走夜的寂寞。

皮皮现在8岁了,其年龄相当于人的40多岁,已经是狗到中年了。这些年,它经历了许多事情,当它每天趴在阳台的边缘向外眺望的时候,我便猜想,它的脑中是否也会涌现出一幕一幕的往事呢?它是否知道自己在慢慢地衰老?我是很怕衰老的,不知道它怕不怕。一想到这里,我就会突然难过起来,如果哪天它大限将至,我会非常难过的。对我而言这种越来越痛的感伤是来自于它越来越不像以前那样爱蹦爱跳了,在年轻健壮的陌生狗面前已经不再威风凛凛,更多的时候显得蹑手蹑脚。当它坐在桌子旁,坐在客厅的垫子上,或是在我卧室的毯子上,我都会对着它自言自语,我拼命地问它:你真的会死吗,你死了我怎么办呢?这时,它的眼睛就会一眨一眨地看着我。我不知道它是否听懂了,我更不清楚它是否知道死亡。我曾看过一本名为《动物的生命》的书,书中有个观点认为:*动物不了解死亡,因此它们不可能对死亡产生恐惧。了解死亡的先决条件,要具备了解"自我"与"未来"的能力,动物不具有这些能力,因此动物无法了解死亡。*它真的不懂得死亡吗?

> 家庭饲养的狗,一般到了10岁左右就开始逐步衰老。狗衰老的主要特征表现在:发情期表现淡化;生殖能力完全停止;皮肤变得干皱;肌肉老化僵硬失去弹性;体毛缺乏光泽,开始变稀和杂乱;口腔、耳朵、皮肤等部位散发出与以前不一样的难闻气味;视力和听力衰退,反应较迟钝。开始衰老的狗,身体很容易疲劳,对运动和玩耍失去兴趣,整天喜欢睡懒觉,尤其怕冷,冬季喜欢卧在温暖的地方。

朋友们组织去慕田峪爬山，我也带上了皮皮。它跑起来玩起来比人有劲比人兴奋。尽管上到山顶时它已气喘吁吁，但它还是一刻不能安静下来，四处打探，那份兴奋劲就别提了！它已经很久都没这样过了，这么多年我还是第一次带它去爬山。下山时，我丢开绳子任它自己跑下去，远远地看见它跑到了山脚，我便有意停下来，并且找一处洼地蹲着。我知道，它看不见我，一定会跑上来找我的。一会儿，我探头一看，果真它又疾速地往山上跑。我便站起来往下走去迎它。可是当我抬眼看时，却一下子傻了眼——皮皮不见了。看山下，没有踪影，看山上，毫无动静。我顿时惊慌地大喊起来："皮皮……皮皮……"喊声漫在山上，却没有听到皮皮的回应。我跑到山下，希望能看到皮皮的身影，可哪里有呢？要知道，如果有人弄到一只狗，不是关起门来将它打死吃肉，就是将它卖给饭店。我不敢想象皮皮的下场，我更痛恨自己，为什么不牵着绳子。朋友们也都帮忙找，都在那儿打转转。蓦然看见皮皮闪电般从山上跑下来，摇头摆尾地跑到我身边，原来它是在和我捉迷藏呢。我用眼睛瞪着它,它却跟我"嬉皮笑脸",看它一脸的滑稽相,加之失而复得的喜悦,我一下子笑起来。

> 随着狗的年龄增长,有规律的活动逐渐被一种懒惰的生活方式取而代之。因此,向你的爱犬提供身体与智力的刺激,以延缓它因衰老而带来的身体各方面的变化。

人们都说,家里养了一只狗,自己就如同一个长工。我和皮皮相濡以沫生活了这么多年,已经谁也离不开谁了。现在它已经老了,我会给予它更多的关怀和帮助。为了它的幸福和快乐,我情愿为它打一辈子长工。每当皮皮看到我清闲的时候,便趴在我的身边,我则一边给它按摩,一边回忆我们之间的故事。

最难忘的是我回老家过年的那一次,我把皮皮寄养在朋友家里,没承想皮皮却伤心欲绝。我把皮皮送

过去后,在那儿又陪了它一会儿,然后就走了。皮皮先是想跟着扑出门去,未果;接着又扒着窗台看着远去的我,它根本就不信我会把它丢在那里;它终于确信我已经走了,不是跟它开玩笑,它就开始在几个房间里不停地转来转去,还不时地汪汪叫两声,一副惶恐不安的样子;最后它瘫在地上,痛苦地呜呜叫着,紧紧地趴在门口。

　　我朋友开始用美味儿诱惑它,可它面对那些令人都食欲大增的食物,竟然视而不见,闻了闻就转身走开了。朋友一看硬的不行就来软的,想用"美色"来分散它的注意力,毕竟同类之间容易沟通嘛。楼下的那只姣姣,皮皮是见过的,两狗初次见面就很有好感,于是我朋友把姣姣找来。姣姣就围着皮皮不停地闻着它的鼻子、脸部和屁股,并邀请它一起玩,而皮皮却一副不耐烦的样子,不但老是躲着它,还朝它龇牙咧嘴的,姣姣只好知趣地走开了。连续三天皮皮都滴水未进,趴在窝里一动也不动,耳朵耷拉着,眼神忧郁地望着前方,一副失魂落魄的样子。

> 狗与狗之间常常在对方的嘴和屁股上闻上好半天,特别是未阉割的公狗,并且会围着对方绕来绕去。这种嗅是很仪式化的行为,通过闻一闻,它们可以从对方那里知道:你好吗?你吃了什么?你很放松还是害怕?然后一只狗可能会表示它想玩,接着游戏就开始了,或者它们各走各的路。

我到老家后,打电话问皮皮的情况,朋友说了这个情况,我当时就哽咽无语。如果不是路远,我真想带它回家一起过年。朋友说现在已是第四天,皮皮只是喝了一点水,还没吃东西。朋友安慰说,再等等,它肯定就会吃东西的。从此我们一两天一个电话,我的心被皮皮揪着。我急匆匆地提前从老家往回赶,回来的第一件事就是去朋友家把皮皮领回来。

皮皮见了我的那一刻,以百米冲刺的速度扑到我的腿上,嘴巴不断地向前伸着,好像整个身体都在和我打着招呼,它的尾巴不停地摇摆,脸上带着快乐的"龇牙咧嘴"的

笑,而喉咙里却发出呜呜的怪声,像在哽咽,又像高兴得叫不出声来,它流出了眼泪,我感动得也流出了眼泪。等我从朋友家走出来,它毫不犹豫地跑了出来,三蹦四跳地跟我回家。我捧着皮皮的脸,对着它的眼睛说,皮皮,我再也不让你离开我了!

> 当狗狗见到主人时,它会表示友好,整个身体前倾,想碰人的脸,并且想舔人的嘴,这是在讨好人。当它张大了嘴巴,耳朵向后拉时,这表示它想得到主人的安抚。

这件事过后,我对皮皮更是倍加疼爱。我也为此感到自豪,因为我的皮皮是一只有情有义的狗。狗和人之间的感人故事我也看过很多,但是这么真实地发生在自己身上还是头一遭。记得以前曾经看过一部影片,虽然我已经不记得影片的名字了,但是那些感人的情景却历历在目:

在美国犹他州有一对相依为命的年轻母子，由于年仅12岁的儿子杰瑞不幸被发现患有稀有的骨癌，妈妈拉娜的朋友布朗太太闻讯后，就把自己家养的一只小狼犬送给杰瑞，希望这只狗能够抚慰被病魔侵袭的孩子。一连串的化学放射线治疗，使杰瑞变得非常苍白虚弱，还好有狼犬巴迪的陪伴，每当杰瑞稍觉得有精神时，就会到院子里和巴迪玩踢足球游戏，也唯有此时，妈妈拉娜才稍感宽心。但是两年过去了，儿子与巴迪的感情日益增加，到了密不可分的程度，杰瑞的病情却一点也未见好转，最后躺在自己家中的床上咽下最后一口气。这时，陪伴在身边的巴迪冲出家门，迎头冲撞一辆驶过的汽车，企图自杀，然而巴迪只是受了点轻伤。巴迪独自在一棵大树下挖了一个洞，藏匿了四天不吃不喝，有人告诉拉娜：*其实狗跟人一样，它们也会感到亲友去世的哀伤。*拉娜蹲下来，恳求洞里的巴迪："巴迪，出来吧！我相信你可以渡过这个难关……"巴迪终于软弱地缓缓爬出洞，拉娜见到它已经瘦得不成样的身躯，不禁痛哭失声。

拉娜失去儿子的痛苦无人可以安慰，加上工作也没了，房子也因无法偿还贷款而被银行收回。对她来说，这个世界似乎已不值得眷恋，于是她整天就躺在床上哭泣，直到眼泪流干而昏睡过去。几天后，拉娜想起医生开给儿子的止痛药，那止痛药具有强效功能，可以使杰瑞的痛苦减轻，也许她也可以用那止痛药来结束自己无法再承受的痛苦……于是拉娜起身到杰瑞的房间找到了那瓶止痛药，准备一饮而尽。一直跟在拉娜身边的巴迪，则非常机警地发现拉娜异常的举止，正当拉娜坐在床边把药倒在手上时，巴迪靠了过来，把它的颈部轻轻地贴在拉娜腿上，然后突然往上一顶，把拉娜手中的止痛药冲散在地上。这时的拉娜好似大梦初醒，然后她马上蹲下来想捡起散落一地的药，这时巴迪看着拉娜，一直对着她吼叫，并往浴室方向走去。拉娜刚开始尚未意会过来，但因巴迪非常坚定地叫着，拉娜就对它说："好吧！我就过来了。"当拉娜跟着巴迪进了浴室，巴迪走到抽水马桶旁边，又对拉娜叫了两声,这时拉娜终于明白了巴迪的用意,所以就把所有止痛药丢进马桶里全部冲走了。最后,巴迪终于帮助拉娜走出了哀伤。后来在拉娜创办的助疗站里,巴迪还成了一只出色的助疗犬义工,得到很多病童的喜爱。

那时我就梦想着自己能有一只巴迪一样的狗,看看身边的皮皮,我深信不疑,皮皮就是上天赐给我的"宝物"。此时,我才更深地体会到美国总统杜鲁门说过的那句话:"如果要交一个好朋友,就养只狗吧。"

养狗需要爱心、耐心和责任心,我已经领教了。皮皮很少得病,这让我特别欣慰。可有一天我发现皮皮对所有的玩具都不感兴趣了,它躺在门边一动不动,我开始怀疑它病了,我摸了摸它的鼻子又凉又湿,属于正常情况。我又去药房买了一支肛门温度计,然后把肛门温度计插入它的肛门里。它居然有39度,还好书上说*狗的体温一般比人高,对它来说38~39度才是正常体温。*这下我就放心了。忙了那么一阵也真热了,我打开空调凉快一下,没想到皮皮也

活跃了起来,我这才想到原来它只是怕热而已。有一次,它真的病了,感染了螨虫,我急得团团转,每天给它药浴,泡了一个多月才好。还有一次它得了出血性肠炎,这是最严重的一次,吓得我以为皮皮就快要死了呢。我天天带它去打针、喂葡萄糖,并且天天弄好吃的给它吃。我想,只要皮皮想吃什么,我就是爬到天上也要给它弄下来!它已经病成这样,可当我从门外进来时,它依然挣扎着想站起来,看着它这样,我的心都要碎了。皮皮换季脱毛时,屋里到处是毛,我用吸尘器一遍遍地吸。我做这些都是因为我爱皮皮。我心甘情愿,不嫌麻烦。我觉得真正的爱就应该这样,必须包容,必须有耐心。看到有的人家的狗已经养了十多年,我很佩服。想想十多年是多么漫长的一段时间,一个家庭或一个人在十多年里生活会出现多少变化呀。如果他们没有强烈的责任心和爱心,不真心关爱狗狗,不把它当成患难与共的家人和伴侣,恐怕很难坚持那么久!爱是耐心,爱是包容,爱是责任,这的确是爱的真谛。

> 动物对疾病、疼痛的忍耐力比人要大得多,所以狗狗不会跑过来告诉你它今天哪里有些不舒服,一旦你发现爱犬有明显的异常反应,往往已经晚了。作为主人,在日常生活中细心观察狗的行为举动,在疾病早期及时发现,救治的成功率会很大。

皮皮的确老了,它美丽的毛色已渐渐褪去,变成灰白,它的眼睛也变得混浊,有的时候还会把食盆踩翻。听说狗老了以后,牙齿会变得不好,我就买来较软的狗粮给它。现在它常常趴在地上睡觉,都说小孩和老人的睡眠比较多,没想到狗也是如此。它睡觉的时候,小白常常来捣乱,踩到它身上或头上,而皮皮只是抬眼看看,有的时候连头都懒得抬一下。这时我会把小白抱走,不许它打扰皮皮。虽然它老了,可每当有别的狗冲我叫时,它却使出浑身的力气,义无反顾地冲上去,做出一副誓死保护我的样子。它现在比以前还要依赖我,常常把头拱到我的怀里,然后用忧郁的眼神望着我,似乎在说:当我死去,不要害怕,不要再指望唤回我,我只不过是一只狗,

但我对你的爱是真的。这时我就紧紧地抱着它。

> 开始衰老的犬,还会出现排泄失禁或乱排泄的现象。对此主人切不可以进行呵斥和责怪,而是应该给予更多的关怀和帮助,使爱犬能够幸福地安度晚年!

我依然每天带着皮皮出去散步,看到熟悉的人和熟悉的狗,皮皮都一一打招呼。我坐在椅子上,皮皮则坐在地上表情沧桑、目光深邃地看着别的小狗在草地上追逐打闹。

现实的社会让我不停地忙碌着,不停地寻找着属于自己的那片天空。当疲惫的我穿过陌生的世界和匆忙回到自己的小巢中,有时候存着满心的欢喜,有时候却又怀着些许失落和淡淡的忧伤,但内心深处总是藏着许多幻想和期翼。当我被幸福围绕的时候,当我心事重重无法入睡的时候,当我愤怒地看着周围的一切而无能为力的时候,得意或失意,我都可以对着皮皮轻声地诉说。虽然它老了,有些变化是不可逆转的,但它毕竟是我的宝贝。我抚摸着它那有些干皱的身躯,它却回赠给我信任和忠诚的眼神,这足以让我感到安慰和快乐。我对自己说,我一定要和皮皮在一起。虽然它的生命只有短短的十几年,虽然它不能陪我到老,但是我却可以陪伴它走完这一生。